ハイパーたいくつ

松田いりの

河出書房新社

ハイパーたいくつ

退屈さだけをつまんで取り去ることはできない。退屈さは服にくっついた埃や毛じゃなくて、オズの国の魔法使いみたいなでっかい顔が噛み捨てたでっかいガムだ。服にべったりくっついた退屈さを引き剝がしたら、まとめて一緒にその下の服からもたくさんのものが剝がれ取れる。給料まるっとつぎ込んで仕立てた花柄ビーズ刺繡入り&日光を陽気に照り返す強靭なウールギャバジンの青い一張羅ジャケットだって、巨大なガムを引き剝がしたあとに残されるビーズは糸を引いて垂れ下がっておっさんの髭の剃り残しみたいだし、肩は歪んだパッドで波打って生地はところどころ破れて引き攣れて毛羽立って、全体が白けてカサカサになってしまった感じは真冬の起きぬけ乾燥肌にいきなり粉を叩きつけた自暴自棄な道化の顔面を思わせて、ぼんやりした気持ちだけがひとつ残るのだ。つまりぼーっとしちゃうってこと。剝げ上がった服を着てどこかへ出かけようって気には到底ならないが、一度退屈さと一緒に引き剝がしたものたちはそう簡単に取り戻せないだろう。服屋に着ていく服がもうない。出かけたい気分も特にない。

　そんなわけで私はだるだるのスウェットで家から駅までの道を歩いていく。もちろん必要にかられての歩行だから結構ウォー苦。路傍に転がる一本糞はびっくりロン苦。食べたら苦いという意味でby蠅。ワオ。虹がきれい。Eyewear over the rainbow♪　虹の向こうのメガネ。どうりで部屋で見つからないわけ。久々のコンタクトレンズを入れたからだろうか、いつもよりちょっとシャキっとした気分。なんだか今日は調子がいいかも。不意のラッキーデイに思わず落涙。

　と目が濡れたのは退屈と一緒にうっかり自律神経まで引き剝がしてしまったからで、情緒も涙も私の生活とは関係なしに勝手に出てきて勝手に引っ込む。そのうえ私の体を構成する無数のパーツたちは、本来の役目を忘却して伸び伸びと無責任なノリで活動してやまない様子。汗腺は機銃掃射の勢いで年がら年中衣服の裏側に体液を撃ちまくり、胃は熱心な内野手として食べ物をクイックスローで口の中へばんばん投げ返してくるし、血中に数台交じったフォーミュラカーはクラッシュを厭わず血管内を周回走行、目玉は脳みそとのボクシング試合に明け暮れて、なおざりにされた視界は淡く霞んで眼窩底が揺れる度にうねって泡立ち、医者から大量に処方される薬の作用も相まってか、元々濃かった体毛がいっそう野放図に育ち始め、一年かけてレーザーに加えてニードル経由で電撃まで喰らわせ死滅させたはずの毛根たちですら視覚認識可能な怨霊として蘇ってきたところなのであって、心も体も毛もいっぱいいっぱい、雑音集音専門の錆びたアンテナを一本ぶっ刺された肉の塊気分、単に退屈だった日々が懐かしまれるほどに体が騒がしくって仕方ない。いろんなものをまとめて剝ぎ取って残った空き地に、目に耳に鼻にうるさい毒っぽい色彩の奇怪な生きものたちが他に行き場がないからと集まってきてしまったって塩梅のこの状況への対策は、繰り返される実践と熟慮の結果やはりその騒々しさを上回る力を込めてぼーっとすることでしょうと結論が出た。魑魅魍魎の跳梁跋扈、なかなかの強敵たちを相手に修練を重ねることで私の「ぼー」にはますます磨きがかけられてじきに摩滅しそうな薄さ小ささ心もとなさnanoサイズdeath nano death.

出発直前まで横になっているため顔に何も塗らなくなって久しいけれど、日光や乾燥の攻撃で皮膚がひりつくのにはもう慣れた。順調にボロついていく自分を受け入れた。駅までの道を行き交う人たちに変な目で見られてもお構いなし。構いやしないけど、一言だけ。へい！　今さ、私の毛深な頭を見ながらしばし並んで歩いたあと、軽蔑の意を送る調子でニヤつきながら歩き去ったそこの人！　スーツのサイズ合ってないしシワだらけですよ。がさつな繊維の太さ。その光り方はポリエステル？　過去幾度もカミソリに剃り負けた口周りのドドメ色とネクタイのイエローカラーが焼き芋を彷彿とさせて少しお腹が減りました。頬の剃り残しは芋の毛を意識して？　だとしたらレベルの高いコスチュームプレイかも。グレーのヨレたスーツも焼き芋包む古新聞に見えてきました。こっちは魔法みたいに顔が輝き出してあんたの目を潰せるメイク道具を持ってんだよね。気分を一気に空まで舞い上がらせて天使と握手させてくれる衣服を持ってんだよね。雲の上で天使と肩組みながら天使

の頭から拝借した天使の刃付き輪っか投げっからそのダサい身なりごと真っ二つになるまで3、2、1、

ってうそうそ。もちろん嘘。急に言葉で襲いかかったりしてごめんなさい笑。こういう言葉って天使の輪っか改めブーメラン。みたいに飛んで返ってきて言葉の出どころ自分の喉元かっ切りますから。私、煌めくメイクも衣服もご無沙汰ですから。棚に入れたままのメイク道具用ポーチは自分をジッパー付きの石か何かだと思い始めているでしょうし、ウォークインクローゼットを開けば幾本も垂れ下がる色とりどりの花弁みたいなパンツたちの裾に床の埃が絡まって、パンツよ灰色の涙流して泣いているね御免ねって結局ヨレたスウェット手に取っちゃう日々だったりして、とても他人様の身なりに口出せる状態じゃありませんからグッモーニン！

と聞こえて見ればインターナショナルスクール。全面ガラス張りの壁の向こうに、シワ無しの制服をきっちり着込んだ子供たちが電子ピアノ前に着座した先生の方をキラキラした目で見つめている。高く高く上昇したお日様SUN☼HIGH☆って先生の掛け声を合図に、

He’s a real nowhere man
Sitting in his nowhere land,
Making all his nowhere plans for nobody.
Doesn’t have a point of view,
Knows not where he’s going to,

とか。どっかで聞いたことある感じの英語詞ソング。忌憚のない感想を述べれば、朝から陽気な子供たちの重なる歌声ってちょっとやかましいかもしれないね。でも気にしないで。こちらが傾聴しなければいいだけのこと。子供は元気いっぱいなものだから。温かい環境ときちんと機能する自律神経、その上で人はこんなにも大きな声で楽しそうに歌うことができるのね。光が輝いているね。と微笑ましく合唱を見守っていると、目の前にボサボサ頭の女が目を見開いて両手を両耳にぎゅーっと押し当てている立ち姿が一瞬。不気味な奴！　と口が動いて叫ぶ前に、両腕が足元に転がる人頭大の石を拾い上げオーバースロー即インターナショナルスクールの大ガラスに激突。ガラスに映ったボサボサ頭の女、ていうか私の顔を中心に花が咲いた、ならぬ穴が咲いたって感じの広い亀裂が走って、歌声がピタッと止んで、先生と子供たちが窓の外に顔を向けたが、そこに私はもういない。私は駅に向かって駆けて行く最中だった。また歩けない道がひとつ増えた。不気味な奴だね Please kick me. 不気味な奴だね Please kick me. などと走りながら呼吸音っぽくつぶやき続けていると誰もこちらを見ようとしなくなるので便利だった。自分が走っている姿ってかなり自信ない。顔が汗や鼻水やヨダレで汚れていく。45分間の電車乗車時間で指先舌先駆使して拭き取らないと。これから出社しなくてはならないのだから。社会人には最低限の身だしなみってもんがある。

駅の手前に交差点があって、インターナショナルスクールから追手が来る可能性を考慮すれば信号無視での横断一択ではあったのだが、私はじっと信号を待っている。横に大きな警察署があるのだ。マズいことをやらかした人間というものは大抵パニックに陥って更なるマズいことを重ねがちであるがそこはさすがに私、社会人歴10年。どんな時でも周りをよく見て、最善の選択に努める訓練は十分に受けてきた。横の方から強烈な視線を感じても、はいはい。そりゃこの割と寒い日に汗だくで息を切らした人間がいれば誰でも気になりますよ、と冷静かつ客観的な判断を下すことができる。判断を行動に反映させることもできる。とはいえひとかどの審美的感覚を持ち合わせてもいるものだから、ヘソの辺りに虫が入っちゃって気になる人、という設定でスウェットの首周りを大胆に引っ張ったまま、上着と肌着の間の虚空を覗き込むようにして顔を隠してはいたのだが、どうも視線がしつこくてうるさい。タッタッタッと靴音が重なって信号が青に変わったことを聞き取って、私はスウェットから顔を出して前を向いた。ところが横からの視線の主は動かずこちらを見続けているよう。参った参った。本来歩くべきところを立ち止まって赤の他人をじっと観察って相当の変わり者じゃん？　こちら出社中の身なんです。相手している暇はないんです。と車道横断がてら刀代わりに鋭い視線を横に向け返したところ、誰もいない。あれっ。と思って視線の出どころを探ると、遠く向こうの警察署の入口に立った警官がこちらを睨みつけながら口元をモゴモゴ動かしている。小型機械性愛者みたいに3秒毎に無線機に接吻する感じですぼませているあの口の形は

「ス」ではないか。人生初の読唇術が正しければ「スウェットの女」と繰り返しているのではないか。

行動がチグハグな人間、というのは他人に不安を与えるもの。それまで取っていた行動から、次に取る行動を予測できない時、人はそこに危険な匂いを嗅ぎ取る。ゴキブリが一定の速度で一方向にしか進まない生き物であったならば、ゴキブリを恐れる人は今よりずっと少ないのではないか。私は自らの無害性を証明すべく先の設定を発展させる形で、ヘソをどこかに落としたことに気付いた人、になりすまし極めて自然な心情の流れの上に乗っかって、もと来た道を引き返し始めた。視界の隅で警官が動いたのを確認した。追ってくるだろうか。歩行の速度を上げた方が良いかもしれない。難しい顔して路面をキョロキョロするのも忘れるな。私は今ヘソを探してもいる。ひとまず家に戻ったらスウェットを脱ごう。久々にちゃんとした服を着よう。しかし会社を休むわけにはいかない。今は3月だが1月に付与された有給休暇は既に残り1日。この程度のトラブルで使ってしまってはダメ。振り返ると警官はいない。が、まだ安心はできない。早く家に戻りたいところだが、本来駅から15分で到着するはずの自宅は今では少なくとも30分はかかる。豪邸庭先花摘み事故、児童公園ブランコ終日振回し事故、地蔵連続雪だるま化事故、中華料理店内ネズミ花火乱入事故等々、インターナショナルスクールへの投石に類する突発的事故によって、いくつかの主要な通勤道が使えなくなってしまったのだ。「交通機関の不調により、出社時間が少々遅れます」というメッセージを上司に送りながら、私は回り道を急いだ。道とは交通機関の一種に他ならない。嘘はつかない方がいい。

きちんとした身だしなみがきちんとした生活を支える。朝起きて洗顔してパックして潤して丁寧にメイクをするのは自分を大切にする時間。きたる春の色合いをリップとチークに取り入れて、新緑を意識したヴィヴィッドなグリーンカラーを睫毛に差してみる。体の輪郭にピッタリ沿うよう計算された青色のジャケットは私の背筋を伸ばして、呼吸を深いものにする。マグカップで軽く白湯を飲んで体を温めてから、オーガニックな粉末ヴェジタブルと濃厚なヴィタミンCを水に溶かして飲めば、寝ぼけ眼をこすっていた心が早く外に出ようと私をせかす。よし完璧。こうした朝の儀式が、夜までの自分を忙しなく荒れ狂う外界から守ってくれるのだ。

と、うまいこと事が運ばなかったのは、さっきインターナショナルスクールから全力疾走して以降、顔の火照(ほて)りが止まる気配を見せず、心臓は早鐘を打ち続け、次第にざらざらした熱が脳を鷲摑みにして鈍速で揉み歪めてくる感じがしてきて、それを無視することに一日分のエネルギーを使い果たしてしまってもなお火照りは止まらず、電車に乗ったはいいものの、念のため警察の存在を意識して施した厚化粧が、暖房の効いた車内において続々と噴出してくる汗で浮いて垂れて拭かれて、今や顔中を雨天試合後の野球グラウンドみたいな模様で飾っていることを、私は意識せざるを得ないからであった。シルクブラウスの襟と脇も汗でじっとり濡れて最悪。ジャケットに浸透しないよう体を真っ直ぐにするが、ジャケットが体に貼り付いてくるデザインで逃げられない。脱ごうにも電車内が満員で身動きが取れない。脚にも汗が伝うって見ると、ジャケットと同色の膝上丈スカートとソックスとの間に剥き出た脚からぽつりぽつりと毛が生えている。うっかりだ。見逃していた。汗と毛。困りごとが2つ同時に存在する時、それは2つの困りごとではなく無限の困りごととなる。わずかに残る力たちが表に出ることを諦めた。私は大人しく背中を丸めて汗が衣服を濡らすに任せ、吊り革を両手で摑んだまま重力と電車の運動の中へと身を沈めていった。

駅に着いて停車して、誰も降りずに沢山の人が乗ってきた。出勤ラッシュアワーはとうに過ぎているのにこの混み具合、引っ越そう。とは何度も考えたがまとまった金がない。快適に通勤するためにもしゃかりきに働かねばならない。いったん休職すれば？　って意見もあって、既に2回やっている。ますます金はなくなって、買い物している時だけ調子が良くなるこの体はいずれ訪れる復職の時を予感して、西日が染み込んだフローリングの上に空腹状態のまま正座で放心。やっぱりちゃんと働こうって思って救命胴衣代わりの有給休暇を使い尽くす寸前の今日であるから荒海風味の混雑電車にゃへこたれない。平行移動から垂れ落ちない。

車両の扉から人が次々流れ入る。両脇に立っていた2人の体がぎゅっとこちらへ寄ってくる。右側のフーディー姿の男がわざとらしく鼻をならして私を一瞥、顔をしかめて反対側へ向けた。汗まみれなのは認めるが、そんなに汗臭いだろうか？

こっちはパテントレザーのチャンキーヒールなローファーがさっきあなたにがっちり踏まれた過去を呑み込みました。損傷具合を早く確認したくて気が気じゃないんです。一応チェックと思って自分の首元あたりに鼻先を近づけてみるとツンと小便っぽい匂い。長らく使っていなかった化粧品が汗と混じって妙な反応を起こしたのだろうか。先ほど家に戻って執り行ったホーリーな儀式がどんどん呪いの儀式に変わっていくようだった。私は体をできるだけ小さく縮めて硬くした。この動作が匂いを体内に封じ込める効果を持ちますようにと祈りつつ、まだ開いたままの扉から乗り込んでくる人々を見るともなく眺める。

　最後に乗ってきた2人組は本人らの上半身よりも大きな登山用リュックサックをパンパンに膨らませて背負ったまま、扉のすぐ脇に立った。扉が閉まって電車が動き始める。私から見えるのはひとつのリュックで、フロント部分は白、トップ両サイドは黒、いくつかのコンパートメント部分にぶら下がるチャックの取っ手はオレンジ。ペンギン柄といって盲想の誹りを受けることもあるまい。ツヤっとしたナイロン地が車内に差し込む陽光を照り返して眩しい。さながら満腹中枢を破壊されたペンギンみたいにしてリュックがむしゃむしゃ食い散らかした空間の減りが、車内を伝って私に届いて周囲の隙間が消滅する。辛うじて両手は吊り革を掴んでいるものの、胸を大きく反り出して船首像みたいなポーズを取るしかない。私を船体の先端にくっつけているのはどんな船だろう。朽ちた幽霊船といったところだろうか。ははは。疲れた。目と耳を無理やり閉じて、私はゴトゴト揺れる海の上を漂ってみる。

相変わらず頭は熱いが、いくらか海水の冷たさを感じられる気がしてきた。ザスっ、ザスっ、と雪を踏みしめるような音が聞こえてくる。そうだ。私は船になってペンギンたちが暮らす南極の海を漂っている。茶色く柔らかな毛で身を包んだ子ペンギンたちは、漁から帰ってきた親ペンギンたちとクチバシを重ね合わせて魚をうまそうに呑んでいる。成長が早い子ペンギンは胴の体毛を短くスティックな黒白黄色に生え変わらせつつあり、大人ペンギンらと共に銀色の陽光をピカピカと照り返している。じきに彼らは初めての海に入って、陸地よりも遥かに素早く大胆に動ける水中での生活を謳歌することだろう。ザスっ、ザスっ、ザスっ、ザスっ。ペンギンたちは大人も子供もみんな揃って岸辺に駆け寄り、過ぎゆく船を珍しそうに眺めている。オンボロだったはずの船はペンギンたちの純真な目に見上げられているからだろうか、どこか格好がついてきたようであり、単に汚らしかっただけの傷みや腐りや絡まった海藻やこびり付く貝類までもが今やお洒落なダメージ。みたいな魅力を醸し出しているのであった。頭に溜まっていた熱が粉雪みたいに体の下の方へと降りていって溶けていく。ふぅ。我が船の乗組員たちよ、自律神経の亡霊たちよ、今暫くこの海の静けさと冷たささを味わってみようと思うが、いかがだろう?

　後ろからグッと押されて私の上半身は身体可動域の臨界点に触れてしまいそうなほど前のめりになった。船首像は折れて海の中へと落ちた。ひやっと思う間もなく、水中の温度はどんどん上がり始める。目を開けると、ペンギン柄のリュックが座席端の仕切りと手すりの間からモリっと飛び出て、端に座った女の頭部を鋭角に傾けさせている。リュックに押された女は太腿に置いたスマートフォンを見据えたまま上半身に勢いをつけて、ザスっ、ザスっ、と一定のリズムでリュックに頭部をぶつけていた。リュックの主は連れとのトークで盛り上がり、女の頭突きには気付いていない様子。彼女の前に立っていた人は何らかの危険を察したと思われ、彼女から離れるべく私が立っている方向へと無理やり体を寄せてきたらしい。

　頭突きをしている女の前に立っていたのが私じゃなくて良かった、と思ったのは彼女が私の上司であるところのチームリーダーだったからだ。彼女は最近、同居する両親の体調がひどく悪いらしく、まれに遅れて出社してくることがある。私といえば電車に乗る前、久々の身だしなみ整備に時間をかけてしまって、結局4時間遅れの出社になる旨を彼女含む上司らに連絡したのであったが、頭突き中である彼女の膝の上に置かれたスマートフォン画面には今、私の遅刻連絡が表示されているだろうか。この懸念が単なる思い過ごしでない可能性がやや高いと考えるのは、チームリーダーが普段から私のことをペンギンのペンペンと呼んでいるからだ。

　身から出たサビ。ということで就職以来、壊れた綿アメ機が霧状のザラメを延々と放出するような勢いで、粘っこいサビを身から撒き散らしつつ軌跡をベタつかせながら漏斗（ろうと）状の螺旋（らせん）式滑り台を下り続けていったところ、サビは出尽くしてそれでも飽き足りずイントロ、Aメロ、Bメロ、Cメロみたいなものまで出て行って、私に残されたのはアウトロの欠片ひとつ。アウトロだけでも構わない、繰り返し繰り返しアウトロ回して湧いてくる言動を自由自在に乗っけりゃいいじゃんって活力もどこかで散らして無くなっていて、私は先の展開可能性が0の日々を単なる終わりの繰り返しとして繰り返し始め、つまるところチームリーダーの部下として日中の時間を過ごし始めた。

チームリーダーは大変思いやりのある人だった。彼女自身も更年期障害とかでなかなか体調が芳しくない日々が続いているらしく、私の体調に厚い共感を寄せた上、急な休みや出社時間の遅れにも理解を示してくれたのである。一方で、同居する両親の生活補助や通院付添を行わなくてはならない機会が増えてきたとのことで、話を聞く限り私よりも遥かに苦労の多い生活を送っているように思われたにもかかわらず、チームリーダーは基本毎朝定刻にほぼスポーツ刈りのスポーツウェア姿で出社してきてはアスリートさながらの集中力でもって深夜まで大量の業務を捌いていくので、既にその業務の中に私の尻拭い的業務が混じり始めていたことを考慮すれば自ずと私はチームリーダーの人格的成熟に感心せざるを得ないのであったし、同時に私が与えているストレスの印を彼女の言動のどこかに探したくなる衝動も抑えがたいものとして現れてくるのであった。

私が働いているのは演劇や映像を製作する会社で、チームリーダーは財務まわりを管理している。たとえば演劇公演では演出家や役者や技術スタッフといった人々から、稽古スタジオや宣材デザイン会社やグッズ制作会社や弁当屋といった組織まで、挙げればキリのないほどに多くの力を必要とする。それらの人や組織は純粋な善意から演劇の製作に協力してくれているわけではなくて金銭をもらえるから協力しているわけで、つまりチームリーダーはそれら金銭が正しく流通する道を開通させて整備して、正しく金銭のやり取りを行う任を負っているわけだが、そうなると必然、部下である私も金銭まわりの管理を行うということになって、管理ということは管を整理整頓することであるのだから、自分の財布と無数のショッピングスポットを繋ぐ管も、自宅と駅を繋ぐ管も、体の恒常性を保つはずの管も、全てを混線させて不可解な毛玉としてきた自身の傾向に鑑みるに、就任当初は何かマズいことが起こりそうだと予感したものだが、案の定マズいことが起こった。

　慣れない業務に頭を痛めつつ銀行への支払い連絡を終え、ちょっと早めに帰ろうかなと思って静かに荷物をまとめていると、デスクの上の固定電話が鳴って支払金額を確認したいと銀行からの連絡。金額の確認はもちろん一通りしていたし、例によってランチ以降自律神経が暴れて疲れて横になりたいし、支払金額に誤り無しですと私は即答したのであったがやっぱりそれがいけなかった。演劇用大道具の製作会社に本来の１０００倍の金額を支払う狂った伝票が幾重ものチェックをかいくぐって実際に支払いにまで辿り着いてしまっていたようで、問題が発覚した翌日の夕方に大道具会社に連絡を取ってみると音信不通、制作担当者がレンタル大型トラックを１５０㎞走らせて会社の倉庫に行ってみると作りかけの大道具が散らばっており、会社の面々は金を持って失踪。あわや公演中止かと思われたが、中止したとて金が戻ってくるわけでもない。むしろ大損に大損を塗り重ねることになるということで、大道具は別会社に作りかけのものを突貫工事で仕上げてもらって、歪（いびつ）な出来栄えのオブジェが立ちのさばる表現主義的ムードの青春恋愛ミュージカルが完成と相成ったわけだが、表向きは一応公演成功ってことになった。

が、裏ではやはり様々な苦労が発生しており、特に大変だったのは金銭まわりの責任者であるチームリーダー。私は手をこまねいたままチームリーダーが負った苦労を他の社員から無数に聞かせてもらったのだが、無数の話が無数の財務的専門用語で語られたために正直言ってチームリーダーに何が起こったのかはよくわからなかった。苦労話を聞いている私の顔の空虚さを見るにつけ、幾人かの社員には「仕事舐めてる?」と問われたが当然舐めているのだろう。こんなことになっているのだから。とはいえ、舐めていようがいまいが生活しなくてはならないし、固定給無くしては毎月のクレジットカードの高額な支払いは不可能となるゆえ辞職け避けたいとなれば職場にとどまる他無く、そうなると己の失態がひきおこした騒動に対する悶絶感はいっちょまえにリアルな感情として湧き上がってくるのであって、人づてに聞いた無数の苦労話は理解できずとも、それらの苦労は確実にチームリーダーの顔面に刻まれていたのだから申し訳が死体にくっついた陰茎のようにたたない。

支払い問題が社内で渦を巻いている間、チームリーダーの顔には無数の深いシワが刻まれ、顔色は土色から漆黒の闇へと変化、対照的に髪の毛は埃が積もったような灰白色（かいはくしょく）に染まって、薄っすら施されていた化粧は完全なるノーメイクと化し諸行無常。それらは元に戻ることなく変化は続いて、齢50のチームリーダーの容貌は2ヶ月ほどで一気に80代へと突入した。しかし最も驚愕すべきは高速の加齢ではなく、私に対する親しげな態度が微動だにしなかったことであり、事の成り行き因果応報か、間もなくクビになる予定だった私をかばったのもチームリーダーであったと聞いた。明らかに私が彼女の死期を早めたにもかかわらずである。私は当然彼女に感謝した。二度と過ちを犯すまいと心に誓った。彼女の無限の優しさに報いなくてはならないという使命感、というか義務感。というかまことに僭越ながら、はっきり言って恐怖感。私は気付けばチームリーダーに対して大きな不安を抱えてもいた。私の業務上における大なり小なりの過失はその後も頻発したのであるが、チームリーダーはひとつの注意すら行わず、大丈夫大丈夫、と私が空けた様々な形の穴を自ら率先して埋めていった。その上、頻繁に雑談のタネを差し向けてきて、もっとお喋りしようってランチにまで誘い出してくれる始末。意味が全くわからなかった。

私はその度に彼女に畏怖の念を抱きながら自らの気を引き締めはしたのだが、引き締めた道具が実はドーナッツだった。みたいな感じでバクバク食べて気持ちはリバウンドを繰り返す。ゆえにチームリーダーの持続する優しさと裏腹の不気味さは増幅の一途を辿って、私はいつしか積極的にチームリーダーからの仕返しの匂いを何処かに嗅ぎつけようと神経を尖らせ始めていた。時々、これはチームリーダーの私に対するストレス、というか体内で渦を巻く負の感情の表出ではないか、と思われる言動も観察できる。しかしそれらの言動はあくまでチームリーダーの親切さ気さくさとも取れる曖昧さをはらんだものであるゆえに、ますますチームリーダーがわからなくなっていくのである。

支払いミスの尻拭い騒動が落ち着いてきた或る日のこと、隣り合ってパソコンに向かっていたチームリーダーから突然「あなたペンギンに似てるって言われたことない?」と声をかけられた。「たまたまテレビ見てたらペンギンがたくさん棲む島のドキュメンタリー番組をやってて。とにかくペンギンがすっごく可愛くてさ、あなたを思い出したんだよね」正直言って発言の意図を汲みかねた。静寂をベースとするオフィスに突然出現したペンギンに、パソコンに向かう者たちの耳がわらわらと集まった。えー！　初めて言われましたぁ！　って驚くのも、どのへんが似てるんですぅ？　って聞くのも私自身の中にペンギン的可愛さをひとまず認める傲慢さの発露となる上、連日の超過労をもたらしている私に純粋な可愛さを見るとは正直言って考えづらい。つまり意図はわからぬが彼女は何らかの罠を仕掛けてきていると判断するに至り、とりあえず可愛さを拒絶せねば、あくまでチームリーダーの発言を拒絶しない形で、と思案を巡らせ5秒の沈黙の後に私は「ペンギン錬金術に頼らず連日連勤して無事年金を受領。そういうペンギンの場合とても偉いです」と会話の穴を埋めるためだけにでっちあげられた空虚な言葉をあたかも通常の返答っぽい顔で発して、すぐに周囲の耳がハテナマークに捻れ曲がったのを察し後悔した。意外というか、それでもやはりチームリーダーは未だ尋常のコミュニケーションが先から持続しているという空気の中にあって「ヴィデオに録画したから今度見てみてよ。ほんと可愛いから」とドキュメンタリー番組を記録したヴィデオテープを手渡してきた。ところが私は再生機器を持っていない。じゃあ今晩家においでよ、と誘われたのだが急だった。嫌だった。

さきほど私はペンギンとの類似指摘がチームリーダーの罠だと思った。だとすれば、罠に自ら進んで突っ込んでいけば、私に対するチームリーダーの明確な負の感情を発見できるのかもしれない。しかしいざその機会を前にすると尻込みしてしまう自分がいる。チームリーダーが私を標的に良からぬことを企んでいた場合、家に誘うとは何事だろう。オフィスでは確かに他人の目があるが、どの目もチームリーダーの味方であって、彼女が私を叱るのはもちろん、怒りをぶつけたり拳をひとつやふたつぶつけたりするくらいのことでは誰も彼女に異を唱えないのではないか。それに私はたびたび彼女と二人でランチタイムを過ごしているのである。なぜ家に誘うのか。純粋に一緒にペンギンのドキュメンタリー番組を見たいとでもいうのか。あるいは私の脳では思いつかない考えが彼女の頭の中にあるのだろうか。その曖昧な不安の中に突き進むより、私はこの退屈なデスクに着座し続けることを選んでおきたい気分だった。少なくとも、今夜いきなり彼女の家に行くためには頭の整理が追いついていない。「是非ともお邪魔したいのですが、ちょっと用事がありまして」「そっか。いつだったら空いてる?」「えーっと。あんまり空いてなくて、かといって埋まり切ってるってわけでもないんですが、なんといったらいいか。追って確認します」「了解了解。わかったら教えてね」と私は場を濁したのであったが、チームリーダーが妙に前のめりなことが気にかかった。空いている日を伝えぬまま経過した数時間後、その懸念は増幅する。

夕方頃「空いてる日わかった?」とチームリーダーから聞かれた。「曖昧な予定が詰まってまして、また後日お伝えする感じでもいいですか?」「なるほどね。ふーん。全然おっけいだよ」と言ったチームリーダーだったが直後に彼女は「これって素敵だね」と予備動作無しでオフィスチェアに掛けていた私のジャケットに手を伸ばした。彼女のデスクには豆菓子の袋が開けられており、私は真っ先に指先の塩や豆皮がジャケットに付着することを恐れたのだが、なんと彼女はそのままいつものスポーツウェアの上からジャケットを羽織りにかかった。彼女は最近ことさらげっそり痩せて全く太ってはいないのであるが、私よりも10㎝ほど背が高いのであるから、袖口は手首のずっと上、肩線は首元に迫る勢いで内側に入り込み、自前のアウターでかさ増しされた腕と胴は獰猛極まりない囚人のようにジャケットを今にも突き破らんとしている。「すっごく着心地いいじゃん?」と言った彼女はそのままフロントボタンを留めようとした。ジャケットの左右は磁石の同極同士みたいに反発し合って震えている。彼女が着心地いいじゃん? と言っている以上、私は力ずくで彼女からジャケットを剝ぎ取らなくてはならないのだろうか。いや、誰が見てもサイズアウトしている。「うわー。私より全然着こなしてますね。さすがです。でも、ちょっとサイズが小さいかな」と急ぎ慎重に研いだ警告を発しようとした時、「ジャケットも似合うなぁ」と見当違いなコメントを先手で打ってきたのは同じ財務係の長髪おじさん。パサパサの毛を肩に掛け、季節を問わず社内ではタンクトップを着用。鍛えすぎた剝き出しの腕は結果的に大変短く見えて、喋る時にずんぐりした胸の前でやたらと動く毛むくじゃらのそれは甲虫の脚を彷彿とさせる。キーボードを叩くだけでは筋肉の力を使い切れないのか、まさに虫のごとく私の仕事の周りを精力的に這い回ってはしきりに注意を与えてくれる。もちろん彼が私の業務教育係を受け持っているからではあるのだが、出勤が2分遅れているね。連絡がなくて心配した、1秒でも遅れるようなら連絡を入れるのが財務チームのルールだからね。と言った翌日に誰への連絡もなく1時間遅れで悠々と出社してきたり、君の服装って派手でうるさいね。僕は全然気にしないけど、結局は君が損をすると思うんだ。と未処理の脇毛と膨れ上がった二の腕を露わに震わせ警告してきたりで何となく腑に落ちない感覚はある。とはいえ本当に気にすべき点はこの人が私の業務成果を人事部に報告することであって、その内容いかんで給金は変動。もちろん私に落ち度があるゆえ違和感を表に出すことは許されない。「ジャケット、私も買っちゃおっかな。これいくらくらいしたの？　結構高そうだよね」「1万円はするんじゃないですか？」「いやいや。生地がいいもん。3万はしそう」「確かに。これは贅沢品ですよ」長髪はよく動く短い手でジャケットの肩周りを撫で回している。チームリーダーはボタンを留めることに成功し、ジャケットは鬼のような顔で眉間に皺を寄せていた。ジャケット62万円です、と言うのはさすがに憚られたが、1万円だったとしても「脱いでください。破れます」くらいのことを言ってのける権利は今の私にもあるかもしれない。オフィスを見渡してみると会議でみんな席を空けていて、残っているのは財務係だけ。私含めて5人だが、会話に参加していない2人はじっとパソコンに向かっており、私が助けを求められる雰囲気は無い。「ねえ、こういうのってどこで買ってるの？　あなたと一緒にお買い物したら楽しそうだね」と快活に声をかけてくるのはチームリーダーで、その楽しげな顔からは邪気を見て取ることができない。急速に刻まれた加齢の印が目についていて、やはりジャケット脱いでくださいとは言いづらい。長髪は排出の見込みがない形状の糞を腸に抱え込んでしまったような険しい顔をして「うーん、どうしてだろう？　持ち主が着るよりもチームリーダーが着る方が前衛的っていうか、なんていうんだろうなぁ。ランウェイ、っていうんですか？　そういうの歩けそうな迫力がありますよね」と言った。前衛的というか、絶対に着るべきサイズじゃないってだけの話だ。「こんな感じ？」と言ってチームリーダーが腰を振りながらオフィスの通路を歩き始めた。ジャケットの下に着たスポーツウェアが裏地と擦れてシャカシャカ鳴る。手が大きく振られるたびに袖口あたりが強く引っ張られ、腕が布地から突き出ては引っ込んで、ジャケットが腕を嘔吐しかけては飲み込むように見える。彼女の歩行に合わせてハイ！ハイ！　ハイ！　ハイ！　と鈍臭いビートで手を打ち合わせ始めていた長髪が、自分のデスクからキーボードを手に取りギターのように胸前に抱えて演奏を開始した。手は破壊せんばかりの圧でキーを叩き、指先が一定のパターンで軌道を描いていることに気付いて見ると「T」「E」「A」「M」のキーを順に正確にアタックしているのだが鳴る音は全て「ガッ」「ガッ」「ガッ」「ガッ」と単音の同音が連続。チームリーダーは打音に励まされたのかますます張り切って上半身を軍隊式に、下半身をウォーキングモデル風に振り振り、パチンパチンと音が加わってきて何かと思えば向かいのデスクでさっきまで業務に取り組んでいたスーツ姿の老人がくつろいだ様子でデスクに肘を置き、マグカップ内のコーヒーを舐めながら指を鳴らしている。彼は財務係として固定資産管理業務を一人で受け持つ定年退職間際の男だが、通常毎日8時間ぶっ通しでパソコン前に凝固しており、動いている姿といえば出勤時と退勤時に見せる遅々とした歩行くらい。それが今ではどうだろう。水浴び中の蛙みたいに悦に入った表情でチームリーダーのウォーキングを鑑賞しながら、組んだ脚で調子良く拍子を刻んで口笛まで吹いている。曲は「上を向いて歩こう」だろうか。やがてその隣に座る入社一年目の若人までもが愉快な現場に彩りを添えようといった感じでスマートフォンをいじり、知らない女がやたらと感傷的に歌う「上を向いて歩こう」を流し始めた。口笛と電子音が重なって、老人は若人に向けて親指を立てた。若人は笑みを浮かべた。チームリーダーは彼らの好意を受け、実際に上を向いてオフィスの中を歩き始めた。大きく振られる手がオフィス各所のデスクにたびたび衝突し、その上にあるものをなぎ払っていった。小型ディスプレイや書類やペンやコップや花瓶が床に落下する音は、不思議と歩行のBGMに心地よいアクセントを加えていく。長髪がキーボードの打撃音に掛声と足踏音を混ぜ込めば、ますますチームリーダーの歩みに力が入る。一体何が起こっているのか。財務チームが力を合わせてひとつになりつつあるのだった。この財務係らの即席ランウェイ設営への全面的な協力体制を目の当たりにして、私はチームリーダーの人望の厚さを感じずにはいられない。チームリーダーのためならば、部下全員ができることをしようとする。皆が日々誰よりも激しく労働に打ち込むチームリーダーに感謝をしていることがよくわかる。と同時に、私は恐れを感じていた。ランウェイを楽しむ4人と止めたい1人という構図の中に、私はチームリーダーを除く財務係らの悪意を見ずにはいられなかったのである。チームリーダーは今までの私への接し方を考慮すれば純粋にウォーキングを楽しんでいる可能性が拭いきれないのであったが、他の財務係らといえば無邪気な感じでチームリーダーのショーを盛り上げながら、同時に私のジャケットを破壊しようと目論んでいるに違いない。というのも、もちろん彼らも私の支払いミスによって多大な迷惑を被っていたし、正直言ってその前から既に私は彼らと断絶状態にあったのだ。

退屈とは屈して退くということである。では何に屈するか？　といえば退屈に屈して退くわけで、退屈に退屈してその退屈にまた退屈する、つまり退屈さに身を委ねるとはオウムガイの泳ぎみたいな連続後退運動に身を委ねるということであって、私の場合は最初に何に退屈したのか遠ざかりすぎてしまってもう見えないが、屈して退く運動を繰り返していくうちに段々と狭いところへ入っていったってことだけはわかる。退屈さが窮屈さを意味するようになった時、どこかで退屈運動から抜け出ておくべきだったと悔いたところで抜け出す方法がわからない。退き続ける運動を止めることができない。体が退屈に慣れ切って、やがて窮屈さにも順応していく。切れ目のない退屈運動の過程で前進、脱出に類する建設的行動力たちは今後自分の出番が無いことに気付いて体内からハケてしまったのであろう。次第に背中に迫りくる窮屈さの極点を予感しては暗い気持ちになるしかなく、多少とも明るくならねば毎日出社などできまい。そこで暗い予感を五感から切り離してぼーっとしてみるはいいものの、オフィスに出社しては毎度リアルな形を持った窮屈さに遭遇して新鮮な驚きに打たれることになる。

まずは姿勢の窮屈さ。オフィスは広いが人間の数も多い。ということはチームリーダーと長髪との間に座る私は彼らと隣り合うというよりも互いに挾み挾まれる間柄となって、長髪のデスクには神経質な感じでパソコン、ペン立て、書類ファイル等が厳密な幾何学的位置関係を保って並べられているのはいいものの、膨らみすぎた二の腕までが常に私の二の腕と触れるか触れないかの緊張関係を持続させている上に、オーブンな脇からオーブンで醤油漬けのゴムをじっくり焼き焦がしたような香りが漂ってくる。チームリーダーはデスク上に実家の自室を持ち込もうとしているようで、花柄シェードで覆われた電球切れのキノコ型デスクランプ、桃色の雲の隙間から抽象化された犬っぽい生物が30匹ほど顔を覗かせている幻想的ブランケット、靴下をかたどったブリキ缶、呪術的書体の漢字がパッケージにプリントされた豆菓子、陶器製フクロウの脳天がくり抜かれた花瓶、に突き刺さった目の粗いプラスチック花、3音目で止まったあと具合の悪い老女がうめくような音を立て続ける錆びついたオルゴール、天地小口が佃煮色に染まった少女漫画数冊、その漫画のキャラクターと思われる金髪娘の顔が編まれた座布団は尻の重みでキラキラ輝く目の周りが落ち窪んでしまって、元恋人は全員殺して片付けてきました、みたいな凶気的人相を呈しているのだがこれは座布団デザイナーが悪いとして、困ったことにそれら実家的アイテムが物理的に私のデスクスペース3分の1を侵食しながら揃って同じ実家的匂いを放つのだ。長髪の脇とチームリーダーの実家という質を大いに異とする匂いは私の鼻孔を臥所(ふしど)に混じり合い、瞬間瞬間まったく新しい匂いの子供が生まれ出る。ちょっと顔を後ろに反らせて匂いを避けてみようと思っても、自席の背もたれにはいつも生地を張り切り漲らせたジャケットが掛かっているため襟部分を押しつぶすわけにはいかず、背中をピンと立てるひとつの姿勢しか取ることができない。掛けずに着ておけばいいと思われる向きもあるかもしれないが、タイトに体を締めてくる類のジャケットを8時間着用したままパソコンに向かっていては蓄積する圧迫感がなけなしの体力を削ることになり、くたびれたと思ってジャケットの背中をオフィスチェアの背に押し付けたとすれば生地を大いに傷めることになるので、椅子の背以外に掛ける場所は無いのかとオフィスを見渡してみるのだが、オフィス共有のハンガースペースにはしばしば有煙焼肉店の匂いに包まれたダウンジャケットや嘔吐物のカスが付着したトレンチコート等が掛けられているためおちおち自分のジャケットを掛けておくこともできない。

したがって物理的に圧迫された状態から逃げるには仕事へ没入するしかないのであるが、私の基本的な仕事は銀行への支払い連絡に加えて、取引先の住所や口座情報を支払いシステムへ登録することであり、これもオフィスチェアの上で取る姿勢に引けを取らぬストイックさを要求される業務であるというのは、気まぐれに口座番号を「8724828404（鼻に芝生はやそうよ）」とか「6521902 3（肋骨ビッグおじさん）」などありもしない数字並びで登録したところで、柔らかな緑色の鼻を風になびかせた逆ピラミッド体型のでかい中年がオフィスに突然出現してみんなの記憶に忘れられない風景を刻む、という興味深い事象が生じるわけではなくて単に支払いが失敗する。支払いは取引の要であるゆえに失敗が続けば誰も取引をしてくれなくなって興行は打てなくなるわけだから、一文字の入力ミスも無いよう延々と増殖する取引先の情報を注意深く登録し続けねばならない。

結局これら逃れようのない窮屈さを脳に強いているうちに、脳の方は隙間なく敷き詰められた窮屈さから脱しようと自身の中に空白の一点を無理やりこじ開けようとする。やがてその点が段々と拡大していく、つまり私はまたしてもぼーっとしてくるわけだが、過度にぼーっとすることは自律神経を雑なる自由神経に変えてしまう弊害を生むほかに別の弊害もあって、とにかく記憶力が衰弱していく。これは仕事自体に支障をきたすほか、職場の人間関係を極度に複雑化というか無化することにもなって、例えば「昨日はすみませんでした」と入社一年目の若人が謝罪してきてもとっさに何のことについて謝罪しているのか思い出せず、「あー」と私が全然許していないっぽいニュアンスの返答をうっかりかましてしまって以降、若人は私との接触を極端に避け始め、コミュニケーションの必要が生じた際には間に必ずクッション役として定年間際の老人が介入、手間が増えた老人はパソコン前に凝固したまま目玉だけをくるくると動かして私の一挙手一投足を追いかけ、それらに効果音をつける熱心な音響技師みたいにマメな舌打ち、といった事態を引き起こしたり、長髪のメール返信が一夜を境に「らいっす了解！（踊る猫のGIF付）」から「はい。」に変わって昨日何かがあったことを察し、メールや記憶を遡ってその変化の原因を思い出すことにエネルギーを終日注力、頼まれていた仕事はひとつも終わらず昨日何が起こったのかも結局よくわからず、長髪によるボーナス査定は0点、給金は急減、衣服やジュエルやバッグやコスメやサプリや取寄無農薬野菜やシャワーヘッドやソファや絨毯やジューサーやドラム式洗濯機で膨らんだクレジットカードの支払いが間に合わず終わらない借金の始まり、恐ろしい過去現在未来に怯えた記憶力がさらに萎縮して衰退。困りごとの連鎖が体をがんじがらめにし、使い道のなくなったエネルギーが酒になって、それを呑んだ自由神経はぐでんぐでんに大暴れ。ついでに私も酒を呑んで酒に呑まれて深夜市街を徘徊、工事現場のカラーコーンを両腕に嵌めて四足の獣気分で光の集まる場所へ疾走。コンクリートビルディングの屋上へ上がって裸の人たちが水上で踊ったりビニール製の魚類や果物が宙を飛び交ったり水中から顔を出した泡まみれの複数人が抱擁し合ったりしているカラフルなプールに飛び込んで全力犬泳ぎを始めると映画の撮影中とかで、私は水から揚げられて数人の老若男女に囲まれ叱責を喰らい、瞬時に酔いが爆発して醒めた意識が誕生。しきりに謝罪して断酒を誓い酒の代わりにより一層強力に放心に身を任せてみようかと検討するも、翌日には前夜の撮影現場乱入の一件について映画製作会社から我が社に報告の電話があってオフィスに噂が広まり、私は犬泳ぎで暴れるキャラクターと会社でぼーっと座っているキャラクターとの折り合いをつけられずオフィスの隅にある休憩室へ逃亡して横臥。私の分の業務を余分に負わされた財務係らとの間の溝はますます深まり、彼らの憎悪が休憩室の扉の隙間から忍び入ってくる様を私は横になって見ているばかり。憎悪が休憩室をガスのように満たして耐えきれぬとオフィスに戻ってもブレインフォギーな無言能面状態でもってパソコン前に鎮座しているだけで、チームリーダーと話す時には大抵久しぶりの発声となるため痰が喉に絡まってヘビの威嚇音みたいな音が出る。

というわけで財務係らが私のジャケットを破壊したくなるのも頷けるわけだが、それでもやはり破壊されたくはない。しかし私がジャケットを死守するための行動はこの場においては決定的に間違ったものとされるだろう。財務係らはオフィスに内包された器官がごとく有機的な交流を続けているのであって、ランウェイが楽しくなるほどにその繋がりは強化され、私自身も今や遠くオフィス出口付近をウォーキングしているチームリーダーを止めることが到底叶わない希望、むしろ希望すべきでない希望と思われてくる。支払いミスで生じた損失、尻拭いのために払わされた財務係らの労力。それらに比すればジャケットの損傷くらい何だというのだ。諦めよう。私もランウェイの盛り上げに参加しよう。私は財務係なのだ。

ところが意外なことが起こった。ぼーっとしてきた視界の隅で、チームリーダーが快活な歩行を一切ゆるめぬままオフィスの外へ飛び出して行ったのが見えた途端、オフィスを支配していた音の重なりが少しずつズレ出したのである。長髪はいつの間にか指の運行を「T」「E」「A」「M」から「T」「E」「A」「M」「L」「E」「A」「D」「E」「R」に発展させて指先を一生懸命に動かしていたのだが、キーの殴打回数に合わせてうまく拍子を取ることができないまま、時折投げやりな様子で手の平をボード上にダダーっダダーっと往復滑走させ始めた。口笛の老人は極度の能率主義者なのであろう、先ほどから業務と指パッチンを両立させるかのようにしてホッチキスでリズミカルに資料の束を留めていたのだが留めるべき資料を全て留め切ってしまったらしく、今は高く虚空にかざしたホッチキスから落ちる針を口笛の風圧で少しでも前方へ飛ばすことに夢中になっている。口笛はやがて単なる呼気の排出音へと収束していって、針は貧乏ゆすりを始めた脚に当たって小便の飛沫みたいに散っていく。若人はもはや単に自分のためといった感じでクリスマスソングを流しており、デスクのディスプレイ上で海外旅行サイトをスクロールしていた。

チームリーダー不在時の彼らはこんなものなのだ。私は改めてチームリーダーのカリスマ性を仰ぎ見るような気持ちになりつつも、慣れないことをして疲弊したせいなのか先のお祭り的雰囲気にかまけてなのか、異常に弛緩した様子の財務係らの目を今ならかわせると思い、チームリーダーのあとを追うべく服部半蔵の忍び足的にこっそりと高速でオフィスを抜け出た。

チームリーダーは小さなエレベーターホール内を周回していた。「蛍光灯じゃなくて自然光の下で着用の感じを見てみたいんだけど、いいかな?」と服屋の顧客みたいなことを言うので見ると、エレベーターの降下ボタンが光っている。このままオフィスビルの外に出るつもりのようだった。放っておけばどこまで歩いていってしまうかわからない。ジャケットはいつまで耐えられるだろうか。ここで何とかチームリーダーを落ち着かせて、ジャケットを脱がせたい。「いやいや、太陽に照らすまでもありません。絶対似合ってます。僭越ながら保証します」「そんな似合う?嬉しいこと言ってくれるじゃん」と言ってチームリーダーは拳闘士の宣材写真みたいなポーズを取った。肘が張ってジャケットの縫い糸が切れるような音がした。早く脱がせたい。「そうだチームリーダー。今度一緒にジャケット買いに行きましょう。その時にじっくり選びましょう。今着ていただいているものが特別似合ったとしても、2年くらい前のシーズンものなので同じもの買えませんからね。忙しいチームリーダーの時間を無駄遣いすることになっちゃいますよ。早速オフィスに戻ってこれから買えるものをインターネットで見繕いましょう」「え！　一緒に買い物行ってくれるの？」「行きましょう行きましょう」「楽しみー！　あなた良いお店たくさん知ってそうだもんね。シャレた街を案内してよ。私じつは初めてなのよシャレた街」「そんなに喜んでくれて良かったです。じゃあひとまずジャケット脱ぎますか？」「ほんとに楽しみよ。最近大変なことまみれで、お楽しみってゼロだったから。あなたとの買い物がいま私の中で唯一の楽しみ」チームリーダーは拳闘士のポーズから一発シュッと私に向かってパンチを繰り出した。拳は私の鼻先で止まった。腕が伸びてフロントボタンが引っ張られた。一発じゃ気持ちを表現できないとばかりに彼女は二発三発と繰り出した。私はこのパンチが、私との買い物イベント発生を喜ぶものなのか、私へのストレスをぶつけているものなのかわからないと思った。どちらにしても恐ろしかった。一発の寸止めが不安感に二発分のダメージを与え、四発目、六発目が加えられて不安感は鬱血して腫れ上がった。八発日の寸止めパンチでジャケットのフロントボタンが弾け飛んだ。「あっ！」と私とチームリーダーは同時に叫んだ。「もったいない！」と言ってチームリーダーは落ちたボタンを拾って食べた。ぐっと屈んだ時にジャケットの背が裂けた。私が立ち止まった状態でチームリーダーの背中を見ていると、彼女はしゃがんだままこちらを振り返ってピピピーーーっとピッコロみたいな音を口から出した。ボタンが喉に引っかかって声の高さを変えているのかもしれない。何を言っているかわからなかった。チームリーダーは突然顔面を電気ストーブみたいに真っ赤にして倒れた。

　私はオフィスに駆け戻った。会議が終わってみんなデスクに座っていた。財務係らだけが席にいなかった。入口に立った私はオフィス各所からの批難めいた視線を感じた。オフィスの床には先ほどチームリーダーがデスク上からなぎ払っていったものが散らばっていた。よく見ると財務係の者らがオフィス中を素早く動き回っては着座している者たちに何かを耳打ちしている。長髪と若人はその方が速く動けるのか体勢を低くしてコマのように旋回しながら移動、老人は彼らのスピードに負けじとばかりに老体をオフィス備品の台車に乗せてキックボードの要領で器用にオフィスの中を滑っていた。財務係らに耳打ちされた者らが私の方へ蔑んだ目を送ってよこす様を見れば、どうやらオフィスで暴れ散らかしたのは私であるようだった。暴れるのはプールだけにしておいてよ、と誰かの声が聞こえて小さな笑い声が水紋のように広がった。私は自分のデスクに早足で向かって充電コードからスマートフォンを抜き取り119をプッシュ、開口一番「助けてください」と伝えた。

電話越しに状況説明をしていると、みんなエレベーターホールの方へ出て行って、すぐに大騒ぎになった。長髪がチームリーダーの体を起こして若人に持たせ、膨らんだ右腕を振るって陰門のように開いたジャケットの背中を何度もぶっ叩いた。老人が彼女の手を取ってさすりながらチームリーダー！　チームリーダー！　と呼びかけていた。私はそれをただぼーっと見ていた。チームリーダーがウォーキングしている時はジャケットが自分の皮膚のように感じられ、引き攣る生地を見ては全身が力んでしまって居ても立ってもいられなかったが、現在その感覚は断ち切られ、自分とは無関係な上着がシワだらけになってヨレて叩かれているに過ぎなかった。チームリーダーの口に入ったボタンは全然出てこなかった。30分後に救急車が来て彼女は担架に乗せられ運ばれていった。顔色は白に変わって、泡だらけの口元からは太く黄色いツララのようなヨダレが垂れ下がっていた。

オフィスに戻って私は床に散ったコップの中身や花瓶の水を拭いて定規や菓子や誰も拾わなかった紙資料などを拾って回った。オフィス各所でひとしきりチームリーダーの安否を心配する声が蠢いていたが、1時間ほどするとみんな通常のように業務へと戻っていった。財務係の面々はひと仕事終えた感じで各々のデスクにて深々と腰掛けながら手慰みのようにしてマウスをくるくる回したりキャビネットを引き出したり戻したり背もたれの柔軟性を調査とばかりに上半身を大きく跳ねさせたりしていた。退勤時間が迫った頃、財務チーム用の固定電話が鳴って出るとチームリーダーの父親。心肺停止に近い状態であったが持ち直しました、しばらく入院するのでよろしくお願いしますとのことで、私は承知しました何卒お大事にどうぞと言って電話を切った。

翌日出社してどうも一層オフィスに居づらいような気がするのは無数の視線がビームのように私の周囲を飛び交っているからで、トイレに行くためオフィスを出て廊下を歩いていると、途中にある給湯室から「ひとかどの衣服好きを自任しているのか何なのか知らないけどさ、チームリーダーにもっと身だしなみに気を遣った方が良いですよとか言って、無理やり自分の服を着せて歩かせてね。いいですね似合ってますって手叩いて笑ってるんだよ。馬鹿にされてるチームリーダーも人がいいから乗っかってあげちゃってさ。さすがに僕ら止めようとしたらほら、あの女わーっと暴れてみんなのデスクがめちゃくちゃ。子供じゃないんだからさ。で、さんざん歩かせといて服のボタンが取れたら、今度は激怒してチームリーダーにボタン食えって、どうかしているでしょう。この真実、警察に通報しておいた方がいいのかなあ。でもチームリーダーの面目ってものもあるしね。ひとまずここだけの話にしておいてくれる？　まぁなにはともあれ、とんだ狂人がオフィスに紛れ込んでいるんだよ。気が気じゃない気持ちわかるよね。早々に居なくなってもらわなくっちゃあ僕らも仕事に集中できないってわけだ」と長髪のささやきが聞こえた。なるほどこうして各社員の耳に隙間無く妙な脚色が施された私の暴力譚が吹き込まれているのである。とはいえこの話が受け入れられてしまう下地が既に醸成されていたということはつまり、それ相応の振る舞いを私は過去にオフィスで積み重ねてきたということではあるし、何より長髪をはじめとする財務係らは私のせいで過密な労働を強いられているわけで、私に早く消えてほしいという真っ当な本音こそがこの脚色の根っこにあるのだとすれば「それは全くのデタラメであります！」と給湯室に割って入るにもどういう顔をして入ればいいのかわからず、私はそのまま背中を見られないようそそくさとトイレに駆け込むことになるのである。

昼過ぎにチームリーダーが出社してきた時、オフィスはまたもや大騒ぎになった。さながら英雄の帰還といった感じでみんな彼女の周りに群がり、喜んだり心配したりと感情の嵐が巻き起こっていた。長髪と老人と若人は群衆の最前線に立って、目に涙が浮かんでいるかどうか定かではないものの、目元をごしごし擦って感動を表現しているようだった。無数に開いた口々から発せられる体の具合を伺う問いに対して、彼女は律儀に大丈夫大丈夫と逐一丁寧に返答していったが、彼女の顔は顔面をパレットにして色彩の基本12色を乱雑に混ぜ合わせたような色合いになっていた。誰もその点には触れてはいないようだったが、彼女は病院を脱走してきたとしか思われぬ寝巻き姿で、ひとりデスクに座ったままの私を見つけた途端、骨がゴムでできた子馬みたいに不安定な足取りで駆け寄ってきた。「昨日はごめんねー。ジャケット破れちゃって」とA4サイズほどの紙袋を渡された。中には綺麗に小さく折り畳まれたジャケットが入っていた。昨日チームリーダーは私のジャケットを着用したまま病院へ運ばれていったのだった。ジャケットはふつう小さく折り畳むものではないので、広げてみるとあらぬところにいくつも線が走っていた。「運ばれてる時にちょっと汚れちゃったかもしれないけど」と言うので見ると、白い生地の両腕と背中に炭でもこすり付けたような黒色が深く染み入っている。消えたボタンは消えたままだったが、ボタンのあったところから襟一帯にかけて風邪気味の鼻水や痰が付着したと思われるイエローの染色がうっすら為されていた。背中の破れた箇所は真っ黒い糸で手術跡のように縫われている。「ほら、縫ったら案外シャレた感じになってさ。とはいっても私、搬送されてからしばらく動けなかったから、母が縫ってくれたんだけどね。どうかな？　縫ったヴァージョン、あなたに似合うかな？」

オフィス出入口に集まった人々がじっと私たちのやり取りを観察していた。小声で口々にチームリーダーの過剰な気遣い優しさ温かさを褒めそやしていた。「わざわざすみません。お気遣いありがとうございます」と言って私は着ていたジャケットを脱いで椅子の背に掛けて、シワと糸で線が増えすぎた煤色のジャケットを羽織って腕を通した。かつての体にピッタリ貼り付く感じはなく、開きっぱなしのフロントラインは鋭い直線であることをやめて弛緩し波打っていた。肩が少し千切れ袖全体が伸びたようで、手首の少し上にあったはずの袖口は手の甲にかかりかけている。「え！」とチームリーダーが両手を口元に当てて目を見開いた。「ペンギンにそっくりじゃん！　可愛い！」

またペンギンだった。確かに腕と背中が黒ずんで襟が黄ばんだヨレヨレの白ジャケットはペンギンを彷彿とさせなくもないだろう。しかし私はここでどう反応すべきであるのか。はっきり言って、八方塞がりの状況に身を置いてしまってはいないか。私に集まる視線は揃って私を出来損ないの迷惑系給金泥棒と見なしているのであって、どのような言動でペンギンとの類似指摘に反応しても自分自身の惨めさに磨きをかけることになるのではないか。いっそ磨いて磨いて磨き上げて、誰も直視できないほどの惨めさで光り輝いてしまおうか。しかしそうなれば私はいよいよ労働にあぶれて誰も見ていない薄暗い場所で雨風に曝され借金苦に喘ぐ日々を送ることになるのだろう。あぁ。ペンギンの毛皮にされると知っていたならば、会社にお気に入りのジャケットなんて着てこなかった。と後悔するも、昨日のジャケット破壊事件があってなお今日も私は別のお気に入りのジャケットを着て出社してきているのであって、自分の後悔を本物の後悔だとは思えない。身の丈に合わない価格帯の衣服を無理して、というか正直言って実入りの限界を突き破って購入している身としては、出社しない休日限定でそれらを着用するのでは自分に残された最後の情熱めいたものに向ける顔がなくなる。ということはそこに向ける顔さえ保っておけば他に失うものも別にないのだと私は開き直って喉を締め、鳥っぽい鳴声を上げた。ペンギンのマネをしたところで服を買ったり着たりできなくなるわけではない。ペンギンがどんな声を出すのか知らないが、オッ、と見ているオフィスの人たちの集中力が上がった気がした。そのまま伸びた袖をだらつかせ、前に出す脚の方へ上半身を大きく振りながら歩いてみると、好意的な感じの笑い声がちらほら聞こえた。「かわいいー！」というチームリーダーの声をきっかけにオフィスはペンギン歓迎ムードに染まって、私はペンギン歩きがこんなにも歩きやすいものかと驚いた。普段オフィスを歩く時には胸を張りながらも目線を落とすのが常となっていた。誰かと目が合ってしまっては、その瞳の中に泥棒めいた滑稽に挙動不審な自分が映って、仕立ての良いジャケットを着用しているのが途端に恥ずかしいことに思われてこないこともないのである。「ペンギンのペンペンだ！」とチームリーダーに指差されて私は鳴声で返した。ペンペン、ペンペンと喋ったことのない人たちから温かみのある声をかけられた。財務係らも笑顔を向けてくる。ブカブカの汚れたジャケットも悪くないじゃないか。動きやすいし。スラックスやスカートも一回チームリーダーに着てもらった方がよかったりして。うん。これからはペンギンでやっていこうかな。ペンペンとして可愛らしさを出していこう。こんなに楽に歩けるのだから。

ところが夕方頃になって頭が重い。「ペンペン、今晩チームリーダーの快気祝いやろうと思うんだけど、どう？」と久々に親しげに長髪から話しかけられたのは正直嬉しくて「参加します！」と勢い良く返事をしたはいいものの、明らかに今までの体調不具合においては感じたことのない頭痛がする。「チームリーダー、食べたいものあります？」「ロッペンギンでシャンペンチンしてギンナンなんか齧ろうか」など聞こえてくる会話の断片が単なる音の球になって頭の中でガンガン跳ね回る。

「そうだ。ペンペン、このヴィデオぜひ見てほしいんだよね。いつうち来れる？」とチームリーダーがまたしてもペンギンのヴィデオを薦めてくると老人が「ヴィデオテープね。たしか倉庫にまだ再生機が置いてあったと思いますよ」と返し、すぐに若人が会議室を予約、チームリーダーの快気祝いとしてなぜか業務終わりに各自夕食を食べて再集合、財務係一同で酒を飲みながらペンギンのドキュメンタリー番組を鑑賞することになった。

テレビ画面の中には空から撮影された孤島。その上を無数の黒い点が蠢いている。

カットが切り替わって岩礁をペンギンたちがうろついている。英語のナレーションが流れて日本語字幕が出ているらしいのだが、重みを増して止まない頭がだるくて細かい文字を読む気になれない。チームリーダーが財務係らに番組の大枠を説明している。この絶海の孤島は海から吹き寄せる風が強すぎて植物ひとつ育たないんだけど、ペンギンは80万羽以上棲んでいるのね。ペンギンの親たちは子供のエサになる魚を捕まえるために遠くの海まで遠征して、そのあいだ子ペンギンたちは待ち続けて、とかなんとか。

画面を見ているとヴィデオの粗いツブツブした質感のせいで気分が悪くなるので、私は再生機の赤い光をじっと見つめていたのだが「ほらペンギンの子供。可愛いでしょ」というチームリーダーの声を聞いてペンギンの子供ってどんなんだっけ、と画面に目を向けた。曇り空の下、全身を茶色い綿毛で包まれた子ペンギンたちが波打ち際に立って大荒れ模様の海を眺めていた。ペンギンの子供って初めて見たかもしれない。黒白黄色の短い毛をストイックにまとった大人のペンギンとは似ても似つかない可愛らしさ。そういえばチームリーダーはどのペンギンが私に似ていると言ったのだろう。可愛い可愛い、と長髪と若人が盛り上がっている中で、私が似ているのは大人ペンギンですか？　子ペンギンですか？　なんて聞くわけにはいかないので私は黙って子ペンギンたちが歩いたり佇んだりしている映像を眺めていた。長期にわたる漁から帰ってきた大人ペンギンたちが、体の中に溜め込んだ魚を口移しで子ペンギンたちの喉奥へと送り込んでいく。

季節が変わったのか、穏やかな様子の真っ青な海が映し出された。岩礁に子ペンギンの姿はない。「すごいよね。毛が生え変わっただけで全然別の生き物でしょ」なるほど大人ペンギンに見える者たちの中に茶色い毛を生え変わらせた子供たちが交じって、すっかり見分けがつかなくなっているのだ。「で、これこれ！　これがペンペンにそっくりなの！」とチームリーダーが興奮気味に指差した画面に一羽のペンギンが大写しになった。それは私が見知った大人ペンギンの体を持っていたが、頭部だけが自由に伸び放題な大ボリュームの茶色い毛で覆われていた。体のラインを明確に浮き出させる胴のストイックな毛並みが、対照的にモコモコした頭を異様に大きく見せている。ははは、こりゃ確かにペンペンだ、可愛いですね、似てるでしょ？　など一気に手元の缶ビールの酔いがまわった様子で財務チームが盛り上がった。頭の毛が強風になぶられて、アメーバみたいに形を変えた。「この子はエサが足りなかったのかもしれないね」とチームリーダーが愉快そうに笑った。これが私に似ている、っていうのはチームリーダーのどういった感情の表出であるのか。なんだか私はそのペンギンをこれ以上見ない方がいい気がしたのだが、視線が画面に張り付いてしまったような感じで頭の大きなペンギンから目を逸らすことができない。

そいつの周りに、全身をピカピカの防水機能付きファーに生え変わらせたペンギンたちが押し寄せた。「これから子供たち、初めての海に入るんだよ」彼らは大人ペンギンの見様見真似で海に飛び込み、魚を狙ってミサイルみたいに水中を突き進み始めた。ペンギンたちは今まで得たことのなかったスピードに身を任せ、その生を十二分に楽しんでいるように見える。一方、彼らの初泳ぎを狙って、孤島の周りにはシャチがうようよしているらしく、初めての海で早速シャチに追いかけられる者もいる。逃げるペンギンは海藻や岩礁と協力して、その見事な小回り能力でシャチの目をくらまそうと泳ぎまくる。私にはその逃げる姿も単純で激しい生を思いっきり謳歌しているように思われて妙な爽快感を覚え、今日はもう帰らせてもらおうと思った。

目から流れ込んでくるヴィデオ映像の粒子が頭の中に溜まってきたようでもあるし、ペンギンのマネをしてから突然財務係らに好意的なムードで受け入れられ、快気祝いという名のヴィデオ鑑賞会に参加したはいいものの、大きなボサボサ頭の中途半端なペンギンに似ていると指摘されてから、なんだか雲行きが怪しくなってきたのではないか。確かに昨日のジャケット破壊事件で疲労困憊、今日はいつもより髪の毛がまとまってはいないかもしれないが、普段は霊場巡礼さながらの真剣さで歩き回って見つけた、日本一ビッタリの縮毛矯正をかけてくれる美容院仕様のタイトな菱形ボブカットをキメているのである。頭の大きなペンギンに似ていると言われて喜ぼうって気にはちょっとならない。さて今日は金曜日だ。春夏用の衣服が小売店に続々とデリバリーされているこの季節であるし、週末は久々に、といっては嘘になるが、買い物にでも出かけよう。いってらっしゃい。いってらっしゃい。ペンペンとしての今後の立ち振る舞い、チームリーダーの真意については月曜日の私にお任せあれ。

じゃ、頭痛いんで今日はお先に失礼しますと立ち上がりかけたところで、カメラが再び頭の大きいペンギンの姿を捉えた。そいつは次々と初泳ぎに向かうペンギンたちの小走りに巻き込まれ右往左往、徐々に海の方へと押しやられ、えっ、えっ、と思っている間にそのままボチャンと海に落ちた。カメラは水中でもがくそいつの姿を追いかける。大きな頭は手脚のもがきと緩やかな海流に合わせて水の中で炎のように揺らめいている。小さなクチバシから吐き出される細かな泡が毛だらけの頭に絡みついては弾ける。生え変わった胴体の毛とは性質を異にする頭の綿毛は水をぐんぐん吸い込むようで、重くなった頭は海底の方に向かって沈んでいく。カメラは溺れるペンギンを一定の距離で淡々と撮り続けていた。沈みゆくペンギンの後ろをシャチが通過していく。揺れる頭が海藻にでも見えているのか、シャチは溺れるペンギンに見向きもしないで画角の外へ消えていった。ペンギンはそのまま、魚を追うこともシャチに追われることもなく次第に動きを弱め、海の下方の黒さに同化して、最期のまばたき。みたいに横一文字の閃光が画面上を走った。

映像が消えて画面には財務チーム一同の顔が反射した。表情は読み取れないが、黒い画面の中で白い8つの目がテレビ越しに私を見ていた。「ね？　初めて入った海で溺れて。このペンギンすっごく可哀想じゃない？」とチームリーダーが言った。彼女が言うところの可愛いペンギン、が、可哀想なペンギン、になっていた。長髪がボウルにあけられた酒の肴群から小魚をつまんで口に放り込んだ。「いやー、たしかに。ちょっと見ていられなかったなあ」「動物の世界は残酷ですね」「まぁ食われるために生まれてくるようなやつってのは、どこの世界にもいますよ」「お？　激しげなこと言うね若者」「だってそうじゃないですか。ペンギンがみんな優秀な脳と体に生まれついたらシャチは食べ物にありつけなくて滅亡しますよ。群れの中に一定数、別の動物のエサになることを運命づけられたやつってのがいるわけです。その点、動物の世界はスッキリしていて、残酷どころか羨ましいくらいじゃないですか。人間は別の動物に食べられることもないわけで、悲しいかな群れの他のやつらが足を引っ張られる。頭の大きなペンギンの毛がずっと生え変わらなかったらどうなります？　泳げませんよ。他のペンギンがそいつのエサを捕まえなくちゃならない。頭の大きなやつが何匹もいたらどうでしょう。頭の大きなペンギンも可哀想かもしれませんが、そいつのために何倍も働かなくちゃいけない他のやつらだってなかなか可哀想じゃありません？　まぁ動物くらい嘘のない世界に生きていたなら、他のペンギンたちがその頭の大きなやつをさっさと殺しているでしょうけどね」顔を真っ赤にして酔った様子の若人が、ついぞ聞いたことのない朗らかな発声でもって謳い上げた。

「あれ、ペンペン大丈夫？　どうしたの？」とチームリーダーに呼び止められたが、私は立ち上がって会議室のドアノブに手をかけたところだった。今や頭の重みが眼球にまで侵入してきたかのように、視界の上半分が黒くなっていた。これは初めて体験する種の体調不具合で、場合によっては致命的な緊急事態なのかも。頭が割れそうに痛むことも考慮すれば脳みそに何か良からぬことが起きているのかもしれず、私は遠慮なく立ち上がって退室する権利をやっと手に入れた気分になって会議室の出口へと向かったのであった。

「なんか頭が重くて」と言うと、財務係らは揃って心配そうに、アルコールで赤らんだ顔を私に向けた。「えっ。大丈夫?」「それは早く帰った方が良いよ」「たしかにちょっと顔色が悪いかもね」「お大事になさってください」「じゃあ、すみません。失礼しま」「そうだ。頭が重いといえば」老人が言った。「私、社内の人を占うのが趣味でしてね」「でた」「この人の占い百発百中なのよ」「ってことはペンペンのことも占ったんですか?」老人が私をじっと見た。財務係らも見ていた。私は会議室の外へ早く出たい気持ちを抑えて、今この場で求められていそうな言葉を取り急ぎ発した。「占い?」

老人は腕を組んで口周りの白い髭を下方に引き伸ばした。顔をまともに見たことがなかったので、老人が胸元まで届く仙人のような細長い髭を蓄えていることに今更気付いて驚いた。「簡単な星占いですがね。生まれた時の空に広がっていた星の配置を見て、人生の形を読み解くんです」「あーペンペン、これは聞いておいた方がいいかもよ?」長髪が机の上に身を乗り出した。「僕は占いにかなり助けられたクチだからね」「はぁ」「そうそう。もともと大変な暴れん坊だったのに、占いに従ってお見合い所に通って見事結婚。すっかりクールな男に変身しちゃって」「ちょっとちょっと！　こいつは恥ずかしくっていけないなあ」長髪は髪を振り乱しながら大仰に机に突っ伏した。机が揺れてボウルの中の肴が跳ねた。「あなたの場合、双子座の方と生活をともにすれば荒れ模様の心に穏やかな凪の時間がもたらされる。星を見れば一目瞭然でしたよ」老人が長髪に言った。「結婚してから会社で人を全然殴らなくなったんだから、パートナーの方に感謝しないとね」チームリーダーが冗談めかして言うと「もー。昔の話は勘弁してくださいって」と長髪が机から顔を上げながら笑った。「僕もどんぴしゃで性格を当てられちゃってビックリしたんですよ。なんて言ってましたっけ。あのー」と若人が老人を見た。「あなたは第九のハウスに太陽と月と金星が集まっていますから、遠い場所への憧れが人一倍強い」「そうなんですよ！　僕の趣味は海外旅行ですからね！　驚いたなあ。生まれつきなら仕方ない、給料はどんどん旅行に注ぎ込もう。なんて決心しちゃったのは困りもんですけどね」へへへ、と若人は照れくさそうに頭の後ろを掻いた。「ペンペンの生まれた時の星はどんな感じだったんです？」とチームリーダーが老人に聞いた。

「聞いといて損はないよ」と長髪が椅子の背に太腕を掛けながら私に言った。私はドアノブを握ったまま佇んでいた。私の先の帰宅宣言をもう誰も覚えていないようだった。

私は支払いミスが発覚した日の退勤間際、老人から唐突に出生日時を尋ねられたことを思い出していた。勝手に占われたのは不気味。というか迷惑だったが、興味ないですと言ってこの場を立ち去るのは気がひける。私が先に帰ったら、きっと私の占い結果について好き勝手あることないこと喋られて酒の肴にされるのだろう。一応聞いて、さっさと占いの話題を終わらせてから帰宅すればいい。それに老人の占いが当たるって盛り上がっているが、長髪といい若人といいぼんやりした占い結果に過剰な大興奮を示しているだけではないか。変なこと言われたら嫌だけど、まぁ大して気にする必要もあるまい。

「あと君、食中毒になることも当てられてたよね」思い出したように長髪が若人に言った。「あふぁー」と若人は眠いのか、アクビと返事の合体みたいな音を出した。

「あったあった。3ヶ月前とかだっけ？　日時指定で腹を壊すって警告を受けていたね」とチームリーダーが言うと「えーと。そうですね。9月6日の午前4時にひどく腹をくだす星の並びが現れるから要注意って急に言われたんですよ。性格を的中させられたあとだったから、僕こわくて。予言された日の一週間くらい前から絶対に変なもの食べないように、ちゃんとしたレストランのランチで一日一食を決め込んで。念を入れて9月5日は完全に絶食して早めに寝たんです。そしたら嫌な感じの悪夢にうなされて夜中に急に目が覚めて、なんか臭いんですよ。口の周りが濡れてるんで拭ってみたら、泥みたいなものがべったりついていて。なんだこれ。寝ている間に何か食っちゃったのか？　って思った途端に腹が痛くなって時計を見たら午前4時。そこから一週間起き上がれませんでした。みなさん、その節けご迷惑おかけしました。あの日、自分が何を食べたのか未だにわかりません」若人は静かに目を閉じて、座ったまま眠り始めた。「性格や他人との相性の他にも、星の細かな運行を読み解けば具体的な未来のことまでわかってしまうことがあるんです」と老人が言った。「ね？　当たっちゃうのよこの人の占い」「いやー。星ってすごいです。お恥ずかしい話、僕も結婚生活が続いているのが不思議なくらい家で嫁と殴り合ってましてね。占い結果にピッタリな相手なのに何で？　と思いつつ互いに憎しみ合っている仲なんですけど、結果的にはあまりに激しい喧嘩ですっかり消耗、一日の大半は驚くほど穏やかな時間を過ごせてるってわけで。やっぱり占いは当たっているんですよね」長髪が目をとろんとさせて言った。

嫌な話が続いた。占い結果を聞く前に会議室を出ようかなと思ったところで、老人は意外なことを言ってきた。「ペンペンさんは極めて社交的な星のもとに生まれています」「えっ」はっきり言って人間関係は久しく壊滅気味の私であるから、老人がまったくの的外れな占い結果を差し出してきたことに結構安心した。さっきから占い師然とした怪しい顔つきを気取っている老人からどんな出鱈目が飛び出すのか気になって、続きの言葉を待ってみた。「人生において一人でやれることは何も無いってほど、他人ありきの人生ですね。しかし日の出の位置にサタンが被さっています」「サタン？」「土星のことです。土星は星の中でも特別厄介な働きをする存在でして、土星が被さった星やハウスというのは、発揮できるはずの力を上手に発揮できない。土星とは教習所における鬼教官のようなものです。その近くにいる人は大抵の場合、萎縮したり逆に強がって無茶をしたりと、本来持っている性質が歪んだかたちで現れてしまう。ペンペンさんのように、日の出の位置に土星が被るのは最も厄介です。他の星も土星の影響力を大きく受ける角度にある。あらゆる星が力を出せないでしょう。えらくキッい星空の下で生まれたもんです。ペンペンさん、友人は何人いますか?」「0人くらいです」不意の質問に虚を衝かれ、私はあけすけな事実を告白していた。「30歳前を機に土星との付き合い方がわかってきて色々うまくいく方もいますが、ペンペンさんもう30歳超えてますよね。あなたの星の配置をもってすれば、今後も土星はペンペンさんに多大な影響をもたらすでしょう。あなたは自分に適していないことにだけ力を注ぎます。本当に生きるべき人生は土星に覆われています。あなたは他人と付き合わなくちゃ何もできないはずなのに、土星に怯えて一人でいることばかりを選ぶ。頭に大きな土星をぽっかり被せられ、大切なことが見えない嗅げない聞こえない。実に可哀想な人生だ」そう言うと老人は机の上からリモコンを手にとってテレビのスイッチを入れた。チャンネルをぽんぽん変えて気に入る番組を探しているようだった。チームリーダーと長髪はいつの間にか机に伏してぐっすり眠っていた。私は黙って会議室を出た。首が支えきれずに勝手に傾いてしまうほど、頭が重くなっていた。視界の半分以上が黒く覆われていて、足元だけを注意深く見つめながら自分のデスクに戻った。荷物をまとめ、尿意を解消してから帰ろうとトイレに向かった。

トイレの個室へと歩きながら横目でちらりと鏡を見ると、自分がなんともひどい格好をしていることに驚いた。破壊されたジャケットを着用していることがすっかり念頭から抜けていた。自分はこんなものを着用して一日人前に身をさらしていたのかと思うと、恥じらう元気もなく虚脱した。ペンギンとの類似指摘はチームリーダーの強烈な先入観が為せるワザだと思いつつ、可哀想ってニュアンスには同意する。可哀想という言葉に宿る自己愛的な匂いを極力脱臭した上で言い換えれば、無惨。この体調じゃ顔もひどいことになっているだろう。しかし視界の半分以上が黒くて、鏡に映る首から上の部分が見えない。顎を上げて自分を見下すように鏡を見ると一瞬、首の上に巨大な毛玉が載っかっているのが見えた。あぁ！　と思わずトイレで一人叫び声を上げてしゃがみ込み、トイレの出口へと横転しながら頭をバサバサ手で払った。そのまま廊下に転がり出て、いまのは何だろうと思った。廊下もトイレも静まり返っている。トイレの中へゆっくり戻ってみた。毛だらけのバケモノでも潜んでいるのではないかと点検しようとしたところで、頭に当てたままの手に妙な感じがあることに気付いた。いま触っているのは髪の毛だろうか。いつもなら手で押さえつければ頭皮に手の平が当たる。しかしいまは押さえても押さえても頭皮に届かず、硬く厚い毛がその密度を高めるだけ。頭、どうなってる？　確認したくない気持ちが強いが、オフィスビルの出口が自宅の中へ直接つながっているわけではない。自分の姿に大きな不安を抱えたまま人通りの多い会社の外へと出るのは恐ろしい。

思い切って鏡に体の正面を向けて顎を上げて自分の全身を目視したところ、やはりさっきの巨大な毛玉は私の頭だった。髪の毛は顔の周りに大きく過激に広がって、私の顔面を爆発真っ最中みたいに演出していた。頭部のサイズは今朝の2倍か3倍か。毛の質でいえば今朝より遥かに濃くて太く、黒曜石かと見紛うほどの鈍い照りを宿している。眉毛も同じ勢いで伸びたのだろう。目のほとんどを覆っていて、視界不良の原因が判明した。永久脱毛した鼻下の髭は、脱毛前よりも逞しく隙間なく生え揃ったに飽き足りず、顎と頬にまで範囲を拡大して顔の半分を薄っすら青くしている。放っておけば顔中がボサボサだろう。医者からもらった薬か、各種飲み散らかしているサプリメントか、何のせいだかわからないが、自律神経とともにただでさえぐらついていたホルモンバランスがついに完全に崩壊したのだろうか。しかしこの発毛の唐突さと猛烈さはちょっと。なんというか。いささか度を越している。いささか度を越した毛量である。私は手近なトイレの個室に死ぬまで籠もり通したい衝動に駆られたが、いつか膨らみすぎた頭が個室空間をはみ出して会社の人間にバケモノとして発見される未来を想像して恐れた。まずはこの毛を処理しなくては。なにかの間違いで生えすぎただけだろう。きちんと処理して必要とあらば現代医療からも力を借りて、通常の発毛サイクルを取り戻せばいい。

私はボロジャケットを脱いで背中の縫い糸を犬歯で嚙みちぎった。ジャケットを頭から被って、両袖を頭の後ろで結び、縦に空いた背中の穴から片目を覗かせ、エレベーターホールへと向かう。雨は降っていないようだ。だとすればすれ違う人々にどうしてジャケットを頭からかぶっているの？　という疑問を高確率で抱かれる。私は頭を覆うジャケットを新奇的バラクラバ。つまりファッションとして捉えようとしたが、気候的にも形状的にもそもそも無理のあるアイディアを捉えきる気力は残されていなかったのだろう。結局全速力で会社から駅までの道を駆け抜けて、電車に乗っては完全な異常者認定を免れ得ぬと気付き駅前のレンタルシェア自転車サービスを利用、2時間45分ペダルを漕ぎ狂って自宅へと辿り着いた。洗面台の前でジャケットを頭から剝ぎ取ると、圧力と汗で大量の毛が下方へと勢いづき、頭だけが地底に引きずり込まれかけている人のようであった。

週末は買い物どころではなく、もちろん毛の処理に専念。セルフカットでひとまずボリュームは抑えたが毛質に変化が起こったようで、ヘアオイルで撫でつけても不屈の硬さで立ち上がる。朝から夜までの数時間で1ヶ月が経過したかのような伸びの速さにも気を削がれ、試しに手持ちのあらゆる衣服を身に着けてみたものの、寝室の全身鏡の中ではどの衣服の首元からも巨大毛玉、溺れペンギン、土星ヘルメットなんかが飛び出す具合で、月曜日にはとりあえず徹底的に顔中の毛を剃り込み切断、髪はウルトラハードジェル仕込みのオールバックで緊縛し、休日に自室内でしか着用することのなかったスウェットを手にとって出社した。その後、どう格好をつけようとしても滑稽にしかならない自分の姿が頭に焼き付いて眠れず、力業で寝付いてみせるとメラトニン、グリシン、GABAをはじめとする無数のサプリメントに重ねて睡眠薬を増量したが、横になって目を閉じて意識が遠のいて仄暗い海が頭の中に広がり始めた途端、足元の方から脳天に向かって新たな毛が発射されるような鋭利な力を感知して目が覚めることを繰り返し、出社時間直前まで体を横たわらせて、さっと水を顔にかけて家を出ることが常態化した。

チームリーダーをはじめ財務係らは私をペンペンと呼び続け、相変わらずの奇妙な親密さを崩さなかったのだが、私としては毛量の爆増がペンペンをうっかり受け入れてしまったことに由来する、という考えに取り憑かれ始め、ペンペンと呼ばれるたび毛が生えてくるような気がして皮膚を引き締め毛穴を閉ざし体をこわばらせるようになった。私は自分とペンギンが無関係であるという当たり前の事実を身に染み込ませようと手当たり次第にペンギン関連の映像を見漁った。文献資料は文字を読めるほど良好な体調が訪れる日がなく断念したが、南極で氷の上を歩くペンギンの映像は私を安心させた。馬鹿馬鹿しいとは思いながらも、私って裸を剝き出しに極寒の地に在れないからね。つまりペンギンじゃないんだよね。などと執拗に自分に言い聞かせていたのは、出社してチームリーダーにおはようペンペン！　と挨拶をされた途端にあっけなく自宅で安寧にペンギン映像を鑑賞していた記憶は崩れ去り、頭の大きな溺れペンギンのヴィデオ映像が脳底から浮上して、自分の毛量が人というよりは獣じみてきたことに思い当たり、結局のところペンペンと呼ばれながら毛穴を固く締める一日が開始されてしまうからであった。一度思い切って手の空いた様子のチームリーダーに「すみません。ペンペンって呼ばれるのちょっと嫌、でもないんですけど、なんか違和感かなあとか思って、止めてもらうことってできますか?」と言ったのであったが、「ごめん。あとでね」と彼女は不思議な返事をよこして忙しそうに業務を再開、「あと」がいつやってくるやら今もってわからぬままなのである。

そして私は今、財務チームからのペンペン呼びを封じるチャンスを目前にしているのかもしれない。電車の吊り革に掴まる私から5mと離れていない場所で、チームリーダーはペンギン柄のリュックサックに頭突きを繰り返している。オフィスでいつでも穏やかな笑みを浮かべている彼女は、その方が頭突きの威力が増すとでもいわんばかりに岩石っぽい無表情を顔面に行き渡らせていた。リュックサックがペンギン柄だと認知した上で頭突きを繰り返していた場合、彼女はいま私に対して頭突きを行っていると考えてみることができるのではないか。思い過ごしかもしれない。しかしペンペンと呼ばれることでどんどん毛が生えてくるという異様な連関をすっかり事実として受け取っている私にしてみれば、いささか突飛なこの推測も無視することはできない。とはいえ、チームリーダーが私に負の感情を抱いていると判明したからといって、どうなる？　その点が曖昧だった場合、それを明らかにしたいという気持ちが働くものだが、明らかになったものがペンギンへの頭突きだとしたら、私は本日より以後なおさら出社しづらくなるのではないか。隣のデスクに座る彼女の見えない頭突きを喰らいながら、私は財務を管理できるだろうか。じゃあ転職だといったところで今よりマシな環境にありつけるとは到底思えない。収入、残業時間、福利厚生、あらゆる点で今より劣った職場になることはほぼ間違いのないところである。職歴を踏み入って調査されようものならもちろん終わり、給金泥棒の噂が届く範囲から逃れて職種的にも物理的にも遠方の企業で面接を受けたとして、新卒時のように光り輝く嘘八百の言葉を勢いよく並べ立てる元気が今の自分にあるのか大変心もとない。

そこで思いついたのは、スマートフォンでチームリーダーの頭突きを記録しておくことだった。社内でカリスマ的信頼を勝ち得ている彼女であるが、電車の中ではピカイチの狂人。満員電車の乗客らは彼女と目を合わせることがないよう、自分に危害が及びませんようにと緊張感みなぎる祈りの中であらぬ方向をチグハグに見つめている。さすがにこの光景が社内で広まっては彼女も困るのではないか。同僚たちは彼女の狂気の一端を知ってなお、これまで通り彼女と接することができるのか。

ペンペンと呼ぶこと止めてもらっていいですか？　私が溺れるペンギンに全然似てないって認めてもらっていいですか？　頭突きの記録映像を突きつけ強気に出てみよう。緻密な計画を立てている猶予はない。これ以上、増毛を許すわけにはいかない。毎日よく眠りたい。イケてる衣服で出社が再開できれば、退屈ではあっても現状よりはマシな生活が戻ってくる。

私は隣に立つフーディー男の舌打ちを受けながらポケットに手を伸ばし、スマートフォンをチームリーダーの方へと向けた。が、すぐに後悔したのはチームリーダーがペンギン柄のリュックサックに頭突きをしながら流血していたからである。彼女の頭部が衝突している部分のやや下から、登山道具かキャンプ道具と思われる鋭利な棒状メタルの先端が飛び出していた。彼女はメタルに気付いていないかのように、メトロノームさながらの正確さを崩すことなく頭突きを喰らわせ続け、その度にメタルが首の側部に突き刺さる。満員電車の誰もが随分前より彼女から目を逸らしており、流血に気付いた者は未だいないようだった。最初は短かったメタルの飛び出しは、頭突きの度に長くなって一層深く首に食い込んでいく。電車が止まって扉が開いた。降りる人たちが彼女に気付いて目を見開いた。車内の何人かも気付いて、閉まりかけの扉から飛び出した。私もあとに続いて飛び出した。スーツの女がホームの点字ブロックの上に屈んで嘔吐していた。共感した。電車が走り去っていった。

さすがに、と思った。さすがにあれはチームリーダーであるはずがない。いつも穏やかな彼女と、狂気じみた無表情で乱行に走る彼女とが、同一の人間であるはずがない。灰色の短髪でスポーツウェアを着た女はこの世に複数人いるだろう。というか、私は彼女を恐れすぎて幻覚を見たのではなかろうか。現実に存在する人がメタルの先端に向かって頭突きを繰り返すだろうか。そういえば。というか。ははは。おかしくなっているのは私の方だった。あんな幻覚を見ては、いよいよ三度目の休職をすべき頃合いかもしれない。服も何を着たって滑稽なだけだし、買い物しなければ収入が激減したって構わないではないか。撮影した映像を見直してみようか。きっと殺伐とした満員電車内の単調な風景が記録されているだけだろう。オエーッと聞こえて見ると、前方で女が引き続き嘔吐しながら四つん這いになっていた。駅員が駆け寄って大丈夫ですか？　と声をかけ始めた。私はスマートフォンをポケットに仕舞ってベンチに座ったまま、ぼーっとした。５つ電車を見送り、40分追加で遅れて出勤の途に復帰した。

4時間遅れと連絡したところを5時間遅れで出社した私は、長髪への言い訳を検討しようとオフィスに入る前にトイレへと立ち寄り横になった。私はここ最近、トイレの個室で横になる術を習得したのである。自律神経の乱れ、というかあまりに純粋にオフィスに居づらくなってきた結果、家ではもちろん、会社でも休憩室のソファに横たわっている時間が延びてきたのだが、私が休憩室を専有し始めていることが社内で問題となって、休憩室の鍵がプラスチックのカバーで覆われドアが内側から閉め切れなくなり、それでも私の休憩時間が縮まないので結局休憩室のドアは取り外されてしまって、休憩室はオフィスの隅にあるのだが、ドアがなくてはソファで横になっている私とデスクでパソコンに向かっている人たちの目が合ってしまって、さすがに私もそれらの目を無いものとするタフな無気力さには恵まれておらず、休憩室が5分ほど座ってコーヒー休憩をする働き者たちのためのスペースになってしまってからというもの、私はもっぱらトイレで横になることしかできなくなったのであった。

トイレで横になるには工夫が求められる。トイレの床はソファと違って硬いからである。まず人がいないタイミングを見計らってトイレに入って、4つ並んでいる個室の壁面の棚にストックされているトイレットペーパーロールを入口側の個室から順に素早く胸元にかき集めていこう。一番奥の個室に入って鍵を閉めたら準備完了。大体4×4で16個ほどになったロールを床の空きスペースに並べて、その上で横になると、自ずとほとんど便器に体を沿わせる形になるが、ロールのちょっとした並べ方のコツさえ摑めば、ほとんど便座を模したようなその姿勢自体がロールを安定させることになる。さらに私はトイレでの横臥体験によって、体の前面と背面は柔らかいが、側面は硬いという学びを得ることもできた。ロールの凹凸は体の側面にほとんどダメージを与えない。体を少し揺らすと、柔らかなロールの表面は心地よいマッサージ感を与えてくれて横になるには悪くない環境の完成。で、ここで忘れてはならないのがロールを集める時に各室の使いかけのトイレットペーパーが切れかけていないか点検すること。切れかけていたら潔くロールをひとつ残しておくのが吉。常備されているはずのロールが切れているのはおかしな事態で、大なり小なりの便を下腹部に付着させたままオフィスに戻った人が恥を忍んでトイレの異変を報告した場合、トイレ清掃を担当している会社に連絡が行って誰かが叱責を喰らうはず。となると叱責を喰らった人間が今の私同様に気力と記憶力とともにあやふやな人間であることを希望するしかないのであるが、希望の「望」には死亡の「亡」が交じって妙に不吉さ漂うね。たぶん清掃会社側が正しくロールは補充したと連絡を返してくるはずで、そうなれば社内でトイレットペーパーロール泥棒の噂が流れ始めることを覚悟しておいた方がいい。しかもトイレに確認に戻ってみれば、予備ロールはきちんと各個室に用意されているのだから奇怪な事件というわけだ。問題はここでロールの形が微妙に潰れてることに気付く名探偵が社内にいるかどうか。名探偵というからにはロールの潰れた形から私の横たわった姿を想像できなくちゃならないわけだが、果たしてトイレで横になって休んでいる人がいるっていう怠惰な色合いの発想は、名探偵が備えているであろう鋭い観察眼やアグレッシヴな推理力と共存するのだろうか。そこに一点の矛盾を感じた私はロール残存数をチェックするっていうひと手間をトイレで横になるための工程から外そうかと検討したこともあったのだが、結局私は井の中の蛙っていうか、トイレの中の人間。視線を感じて顔を上げると、チームリーダーが個室の扉の上から顔を覗かせこちらを見ていた。

通常、業務時間内における無許可のサボりを上司に発見された部下は慌てふためきしどろもどろになるものであろうが、私はこの時チームリーダーに「おはようございます！」と元気よく挨拶をしてみせた。電車での流血騒動を機に、努めて思念の中に浮かべまいとしていた彼女の顔であったが、会社の中で目撃したのならば一安心。頭突きをしてメタルに刺さっていたのは彼女ではないということだ。なにせ出社しているのである。が、私はすぐに今日という異常な一日が昨日までの日々と平坦なひと繋がりになってしまったことに気付いて落胆した。トイレで横になることができなくなれば、社内では縦になっていることしかできない。自由神経と成り果てた自律神経による乱痴気パーティーは横になって脱力、ぼーっとすることによって何とかやり過ごすことができるのであって、縦になるとこれが難しいのだ。自由神経たちは基本タテノリなのである。そして私は財務係として平日毎日8時間、窮屈な時空間の中で財務係らに囲まれながらペンペンと呼ばれ続けるのであろう。これが最後の社内横臥だ。ぷっ。と出た屁が線香がわりに煙を上げた気がした。

私は観念して個室の扉を開こうとしたが、内開きなので床に転がりっぱなしのトイレットペーパーパーロールに扉が引っ掛かった。私は一応社会人としてロールを回収、壁面の棚にきちんと積み上げ、息をひとつ深くついて改めて扉を開いた。目の前に立っていた長髪と目が合った。チームリーダーは長髪の肩に乗っていた。「おはようペンペン。もう夕方になるよ。連絡ないから心配したよ。いつからトイレにいたの？　用足してたの？　上司に一報入れようよ」と長髪はいつもの調子で詰めてきたが、私がさっきから気になっていたのは上方から降り注ぐチームリーダーの視線だった。彼女には今まで挨拶をスルーされたことすらなかったが、無言でじっと見つめられるのはもちろん初めての経験で、その視線の冷たさに私の心は小さく硬く縮んでいた。さすがの彼女もついに怒気を露わにして私を見下ろしているのだろうか。私は彼女の顔を再び見上げることができなかった。

「チームリーダーが電車でペンペンを見たって言うから、まだ出社しないのおかしいね、どうしたんだろう、って財務チームみんなで社内を探していたんだ」チームリーダーが頭突きをしながら電車内に私がいることを認知していたと思うとゾッとした。「そうだ。ペンペンの分の業務を大半担ってきた一年目の彼が昨日倒れた。しばらくの間会社を休むことになったよ。ペンペン、今度は彼の分の業務を担ってくれるね？　これはさっきチームリーダーと話して決めたことだ。おーい。聞いてるかい？　ぼーっとするのは家でやろうか。業務中の時間は仕事に捧げる。その時間が金になって毎月口座に振り込まれているわけだ。わかるね？　ペンペン、もう少し頑張ろうよ。そのボロボロの身なりを見れば大変なのはわかる。可哀想だね。でも君は自分から進んで可哀想な状態へ突っ込んでいったわけだ。それにしては今の可哀想さって中途半端じゃない？　一生懸命に仕事で成果を出すために出社してきている僕たちのことも考えてくれよ。みんな言ってるよ。そろそろペンペンが頑張って頑張って溺れるところが見たいって。もうちょっと頑張ってくれなくちゃあ、まともな成果とは無縁の君がどうしてまだ会社にいるんだって話にもなるじゃないか。溺れてこそのペンペンさ。ね？　チームリーダー」

長髪の上からブクブクと泡が立つ音が聞こえた。見上げると、チームリーダーの首を棒状のメタルが横からまっすぐ貫いていた。テントを固定するためのペグだろうか。メタルが首を通過する入口と出口には赤黒い血が塊になってこびり付いているが、流血は止まっているようだった。驚くべきことに、その顔にはいつもの穏やかな笑みが浮かんでいた。笑顔であるのに先に感じた視線が冷たかったのは、そもそも体全体がすっかり冷たくなっている、つまり彼女が死んでいるからではないかと思ったのだが、両手はしっかりと長髪の頭を手綱のように摑んで、やや前のめりの姿勢を保っている。死体には到底取ることのできない姿勢だろうし、時折長髪の肩に掛けた両脚がもぞもぞ動いてもいる。

長髪の言う通りかもしれないと思った。メタルが首に刺さっても出社してくる人を前に、一体どんな弱音を吐けるだろう。長髪は相変わらず彼女を肩車していた。

私を発見した今となっては個室を上から覗く必要はなく、したがってチームリーダーの視点を上昇させなくてもいいはずであった。しかし長髪は両足を踏ん張って全身を汗でじっとり濡らしながら彼女を乗せ続けている。あるいはチームリーダーはもはや自力で立つことが叶わないのかもしれない。いずれにせよ、この肩車には頑張りってもんが凝縮されているじゃないか。彼ら2人に比べて私はいかに未熟者であるのか。頑張りもせずトイレで横になったりして。32歳の子供。なんとも不気味で滑稽な響き。もっと目の前の肩車を見習わなくてはならない。大人にならなくてはならない。これこそが大人なのだ。と私が圧倒されていたのは、首に棒が刺さった上の人が「大」に見え、踏ん張っている下の人が「人」に見え、2人が組み合わさって「大」「人」という形が目の前にそびえ立っていたからに他ならない。

私は大人になれるだろうか。首にメタルが刺さっていても出社することができるだろうか。長髪が言うように、大人になれなければせめてペンペンとして溺れる姿をみんなに見せなくてはならないのだろうか。バタっ！　と音がして見ると、性別問わずオフィスの人々がトイレの入口に殺到していた。電話ボックスほどのスペースに30人ほどが折り重なっている。トイレの外の廊下にも人が並んでいるのか、ひそひそという声の蠢きが感じ取れる。床に一人倒れていたのは老人だった。群衆に押されて転倒したようだった。「お疲れ様です」と私はひとまずみんなに挨拶をしたが、私の遅刻が大勢にバレているのだと思うと必然、自信に欠けた細い声しか出なかった。私と目が合った人たちは気まずそうに顔を赤らめたり下を向いたりハニカんだりしていた。老人が立ち上がって彼らの様子を弁解するように言った。「あなたの星の運行を見ていましたら、まさに今日です。土星が水に流されるという運命が見て取れまして。あなたの本来の人生を覆い隠していた土星が一気に影響力を失うはずなんですが、それが果たしてどういった形で現実となるのか。我ら同僚として見届けさせていただこうと思います」

大人になれるかどうか、などという甘い自問自答をしている場合ではなくなった。理由はよくわからぬが、大勢のオフィスワーカーたちからこれだけ注視された社会人が、社会人的振る舞いをせずにいられるだろうか？　私は動物的本能のように体に染み付いた社会人的習性によって、口を機敏に動かしていた。「チームリーダー、改めましてお疲れ様です。え。っていうか、よく見たらその首、大丈夫ですか？私にできるお役立ち、何かございませんでしょうか？」トイレ入口からの視線を意識して、私は肩車の前に片膝をついてチームリーダーへの忠誠心を示すことすらした。彼女は微笑んだままだったが、長髪が顔をしかめた。「大丈夫？ってずいぶん白々しいじゃない。チームリーダーから聞いたよ。君が首に刺したんだろう？」彼女の首からブクブクと泡立つ音が聞こえた。いつもみたいに「大丈夫大丈夫」と言っているのだろうか。長髪とチームリーダーはどうやって意思の疎通を行ったのだろう。彼らは私が知らないコミュニケーション方法を習得しているのかもしれない。私がメタルを刺したということは既に周知の情報なのか、トイレ入口に立つ人々は淡々と事の成り行きを見守っているようだった。

たしかにチームリーダーにメタルを刺したのは自分かもしれなかった。彼女はペンギンにメタルを刺されたのだ。上司への恩を首刺しメタルで返す大人はいない。私はせめてペンペンとして、みんなが見ている前で水の中に落っこちて溺れなくてはならないのではないか。私は「大変申し訳ございません」と対象が曖昧な謝罪を口にしながら立ち上がり、肩車に背を向けて便器に向き直った。無数の目線が一層強く体に食い込んできた。私が個室の中へ進むと、大勢の人たちがトイレの中へ入ってくる足音が聞こえた。熱気でトイレ内の気温が上がった。私は溺れて見せるべく、便器の中に溜まった水を見つめた。波ひとつ立っていない鏡のような水面に、ひとり嵩高であるチームリーダーのバストアップがぼんやりと映っている。あれ？おかしいな。と思ったのは、本来便器に流されるべきは彼女であるところの「大」、つまり糞ではないかと気付いたからだった。ここはトイレなのだ。流されるべきは大。糞。頭の大きなペンギンはトイレではなく、遠い寒空の下に広がる海の中で溺れるべきではないだろうか。

私は振り返って、長髪の小刻みに震える脚を蹴り払った。長髪は前方に倒れて、続いて長髪に乗ったチームリーダーが便器の中の水に向かって崩壊するビルのように倒れていった。私は彼女を避けながら念の為とばかりに水洗レバーを押して、ジャーっと水が流れる音を背に受けてトイレの出口へと走った。トイレに集まっていた人々は大騒ぎを始めた。チームリーダーと長髪の方へ駆け寄ろうとする者、私を捕らえようとする者らが現れた。老人に肩を摑まれた。私はその長い髭の先を握りしめてムチのようにふるった。老人は宙に弧を描いて洗面台に打ち付けられた。老人の踵が振り下ろされた鏡は粉々に砕け落ちた。廊下に飛び出ると、トイレからもオフィスからも私を捕獲しようとする人たちが続々と湧いて向かって来た。彼らを脅かし立ち退かせるため、私は映像資料で勉強したペンギンの鳴声の忠実な模倣、つまり胸元を波打たせながら壊れたラッパを吹き鳴らす感じで音声を発してみたのだが、とてもうまくできたのでびっくりした。

ぼーーーーーっと放心に身を任せて「ぼ」のうしろの棒線「ー」にスケートボードの要領で乗って走っていたところ背後から自転車のベルが鳴る音。無視しようにもベルの音が私の蛇行についてくるものだから、振り返ると警官。夜の公園。野球場の周りをぐるりと囲む道には滑らかなコンクリートが敷かれていてスケートボードを滑らすには向いている道。両脇には背の高い樹木が立ち並び、周囲の住宅地とは柔らかに深く区切られているのだが、警官が言うには近隣住民から騒音被害の通報があったので名前と住所、所持品をすべて調べさせてくださいとのこと。「ボードの練習したい気持ちはわかりますけど、周りの方の迷惑なんですみません」と若い警官は同情を示してくるが、私はボードじゃなくて「ー」に乗っているだけだった。私の名前と住所を無線で仲間に伝えている警官の横でポケットに入っていた財布とイヤホンケースを両手の上に取り出しながら、公園を滑っていたくらいで所持品検査ってやりすぎじゃない？　と思うが、そういえば公園の入口脇のあずまやで高校生くらいの集団が花火をやっていて、火薬の匂いの中に甘く青臭い匂いが混じっていたのを思い出す。彼らを補導したついでに公園を見回っていた警官が、私を仲間のひとりかと疑ったのかもしれない。仲間じゃないけど。単独だけど。まあいいけど。持ってちゃいけないものなんて持ってない。悪いこととか別にしてない。けど「これは何です？」と警官が眉間にシワを寄せてイヤホンケースの蓋を開けて中を指したので見ると、底に耳糞が乾いてこんもり溜まっている。うわ。って思ったのは耳糞を見られて恥ずかしいってのもあるけれど、警官の目に急激に怒気じみたものが混じったからで、私はすぐにそれが耳糞だと答えたかったのだが、耳糞の他の、もっと正式な感じの呼び方ってあるよな。なんだっけと思ってアー、とかエー、とか質問に答えづらい感じを出してしまった。初対面の人との問答で糞、とは言いかねる程度の礼儀は私にも備わっていたのであったが、警官は私の口ごもりから大いに元気づけられた様子で「この白い粉は一体何だ！」と一挙に敬語を脱ぎ捨てた全裸の怒声を至近距離で飛ばしてきた。ちょっと待ってよ。単なる耳糞です。イヤホンケースに何糞入れてたって構わないでしょう。匂うわけでもあるまいし。私が右手を耳の高さまでサッと上げると、警官は私が耳穴から鋭利なナイフでも取り出そうとしたみたいにギョッと目を見開いて私の手首を掴み、思いっきり締めつけた。だから待った待った。私は粉が耳糞であると説明するために耳の穴を指そうとしただけだ。警官の手から逃れるべく腕を振り下げようとすると、彼は10倍の力で応答。掴んだ手首を夜空に高く振り上げて、私の腕、肩、首、脳天を硬いものが一直線に走って途端に砕けた。

私の右手首から先が反っくり返って、指先が腕にそっと触れたまま生暖かい風に揺れている。骨は大胆に折れているようだった。「応援頼みます！」警官が胸元に付けた小型無線機に叫ぶ。ところが彼は耳糞保持の現行犯こと私を捕らえた場所を一向に伝えることなく、私の名前と住所を繰り返し無線機に向かってまくし立てている。この人は本当に警官なんだろうか。常識の外に広がる無人空間でひとり遊ぶタイプの危険人物が、警官のコスプレに身を包んでいるだけなのではないか。怪しみ始めるのが遅かったかもしれない。彼の黒目が鼻柱の方向へ寄っていた。寄り目というには既に寄りすぎていて、ほとんど白目と言っていい。片手は私の右腕をねじり上げっぱなし。孵化直前の卵みたいに震える頭からは警察帽子がズレ落ちそうになっており、次第にあらわになっていく額からこめかみ一帯にかけて青筋が虹のように架かっている。私の名前と住所が唾液に濡れて延々と吐き出されていた。

　こうなってくるとさすがに言えるはずだ。というかもっと早くに言うべきだった。糞！　糞！　糞！　耳糞ですよこれ！　わかるでしょう。あなただって耳から掻き出すでしょうに。一度大きな声で異を唱えて、私の右手首みたいに捻じくれてしまったこの状況を仕切り直そう。しかしどうしたことか、私はただただぼーっと突っ立っていた。糞！　という声は頭の外に出ることなくどんどん溜まって重みを増していく。私の右腕を摑んだまま、男は私を中心とする大きな円を描くように走り始めた。腫れてきた右手首が引っ張られる。痛みを軽くするため、私は男の動きに合わせて慎重に体を回転させる。繰り返される私の名前と住所が、男の回転がもたらす遠心力で公園中に散らばっていく。自分の名前と住所が知らない誰かのものに聞こえてきて、やがてただの音に変わって吹き荒れる。目が回ってきた。逃げるべき、という瞬間は右手首を折られてから絶え間なく連続していたが、その手首を握られたままでは逃げようとする際またしても激痛が走るだろう。じゃあずっとこのまま男と回り続けるのか？　勘弁してほしい。どうしたものか。となると、私はやっぱりぼーっとする。放心の傾向をますます発達させていく。

　ぼーーーーーーーーーーーーーーーーーーーーーーーーーーーーーーーーーーーーーーー
ーーーーーーーーーーーーーーーーーーーーーーーーーーーーーーーーーーーーーーー！

とやってみたはいいものの、力が入って「！」が余計だし、過剰に現れてしまった「ー」たちは飼い主を失った犬みたいに私と男の周りのコンクリートを滑り回って、そこいらに散らかった私の名前と住所の欠片同士を縫い合わせるように繋げて絡まり合わせて大きな毛玉に変えていく。右手首に激痛が走ってなにかと思えば、男が突然、逆方向に回転を始めたのであった。手首は新たな方向に折れて砕けたようで思わず野太い叫び声が出るが、途端に切れ切れの欠片と散って「ー」に縫われて毛玉に巻き込まれてしまう。私は男に合わせて逆回転する。公園の各所で生成されていた毛玉たちが、男と私の回転に巻き込まれるようにして旋回しながら近づいてくる。毛玉同士がくっつき合って、もっと大きな毛玉をつくって、四方八方から回転の中心にいる私に向かってくる。こうして毛玉たちは私が立ち回る場所においてひとつの巨大な毛玉となって、私は何も見えなくなった。

嫌な夢から目を覚ますと、私はソファで横になっていて、衣服は汗で冷たく濡れている。一箇所だけ熱い。と思って右手を少し動かすと痛みが走った。見れば右手の先から手首にかけて分厚い靴下が被されており、ガトリングガンの砲身のように手首周りに箸やフォークやスプーンが添わされ、それらを幾本もの輪ゴムが雑に固定している。そうだ。さっき公園から帰ってきて、折れた右手に自分で応急処置を施したのだった。初春であるにもかかわらず、部屋の中には重くしつこい暑さが泥のように溜まっていた。あるいはいつもみたいに自分の体が気温とは無関係に火照っているのかもしれなかった。右手首はきっとさっきよりも腫れているのだろう。周りを囲む食器具に締めつけられて、じんじんと嫌な痛みが心臓の鼓動に合わせて体中に響く。汗をたっぷり吸い込んだ厚い靴下をはめられた右手が、間接照明の薄明かりに照らされて大きな獣の手に見えた。雨滴が窓に叩きつけられる音が聞こえて外を見ると、大雨が降っていた。空に重たく滞った雲が光って雷鳴が聞こえた。台風でも近づいているのかもしれない。物凄い風の音が外を充満させている。また大きな雷が鳴った。強烈に光る無数のビルがビーカーやフラスコや試験管に見えた。空の上で大きな馬鹿が大いに馬鹿げた実験でも行っているような天気だった。

便意を感じて私は立ち上がった。洗面所の鏡にくれぐれも顔を向けないようにしてトイレに入る。さぞかしひどい身なりだろう。視界を覆っているのが髪の毛なのか眉毛なのか睫毛なのか広がった髭なのかもわからない。トイレでの横臥を発見されて会社から逃走してから3日が経過していた。連絡が入るのが恐ろしくてスマートフォンの電源は切ったままだった。その間、自宅には誰も訪ねてこなかった。明日は給料日だがどうなるのだろう。振り込まれなかったらカードの支払いがマズいことになる。このハリボテタワーマンションの家賃支払いもできない。とはいえ、給料が普通に振り込まれたとしてもわけがわからなくて怖い。ぼーっとするまでもなく、さっき起きた時から目を覚ました0・1秒後の意識状態が続いている感じ。

大便をトイレに流すと、カカカっと異音がした。水流の中でメガネが震えていた。3日前から行方不明になっていたメガネ。便器の上の棚に置きっぱなしだったのが落ちた？　なんで私はそんなところに置いたんだろう。まぁコンタクトレンズが間もなく切れるところだったので助かった。ワンデイコンタクトレンズを外して床に捨て、洗面台でフレームとレンズに付着した糞とトイレ用水を洗い流してタオルで拭いて、曇ったメガネを掛けた。リビングに戻って台所に置かれたシリアルの袋を開いて手づかみで食べた。気配がして振り返ると、食卓にチームリーダーが座っていた。

うわー！　と叫んだのは意識の表面だけで、やっぱり。と私は思っていた。大きなままのシリアルを生唾で呑み込んだ。チームリーダーは雨に打たれたのか全身びっしょり濡れていて、メガネの曇りのせいでなければ恐らく、どす黒い体はうっすら雨に混じってリビングの床に溶け落ちているようだった。糞の匂いがした。彼女は重力に体を垂らしたまま私に向かって微笑んで両腕を上げ、首を貫くメタルの両端を握った。メタルは相変わらず首にがっちり刺さっているようだった。メタルを左に右に動かそうとするも微動だにしない。彼女は私を見つめたまま、その動きを一生懸命に繰り返す。「お手伝いしましょうか?」と私は言っていた。彼女の顔から一瞬表情が失われた。私はとっさに「申し訳ございませんでした」と言った。彼女は微笑んで、首元から泡立つ音を鳴らした。そうなのだ。このメタルはそもそも私が刺したものなのだ。その事実を無視して手伝いを申し出たとすれば、彼女が気分を害するのも当然。それに彼女を糞じみたバケモノに変えたのも私ではないか。私はトイレで彼女を大として水に流そうとしたのである。糞にされてもなお微笑みを向けてくれるだなんて、なんと寛大な方なのだろう。彼女の首のメタルを抜こう。大から人に戻ってもらおう。そうしなくては、彼女は決して流れない糞として私の前に現れ続けることだろう。

　私は強烈な糞の匂いに嗚咽しながら、チームリーダーの方へと近づいた。呼吸を止めたが、涙と鼻水が溢れた。彼女は両手を膝に置いた。私がメタルを抜くのを待っている。微笑みは広がって、顔中がどろどろと波打っていた。私は左手でメタルの端を持った。メタルは黒い血でコーティングされている。一息に抜こうとしたが、動かない。どれだけ力を入れても抜けない。何度やってもダメだった。下げていた右手に生ぬるい感触があった。チームリーダーが私の右手を両手で包んでいた。右手首を囲む食器具が糞の色に濡れる。被せていた靴下は糞の汁を吸い込んでいく。彼女は私の右手をメタルの端へと運んでいった。私は両手でメタルの一端を摑んでいた。彼女がこちらを向いてぶるっと震えた。地割れのように目が覗いて、口元は大きく横に開いていた。首元から泡立つ音が聞こえた。糞の匂いが彼女と私の間の距離を溶かした。承知しました。やるしかない。メタルを握りしめると右手首に痛みが走った。思いっきりやって一発で決める。えいやっ！　と私は両脚を踏ん張ってメタルを引っ張った。抜けた勢いで尻から背後に倒れゆく中、輪ゴムと食器具が天井に向かって撃ち放たれ、右手首が斜め上の異様な方向に跳ね上がったのか見えた。チームリーダーの首の両側から勢いよく血が噴き出した。チームリーダーは座ったまま振動していた。顔だけがこちらに向けられていた。メタルの代わりに血の噴出が、人の首から真横に飛び出す棒になった。相変わらず「人」ではなくて「大」だった。

私はとっさに立ち上がって、彼女の首を押さえた。左手の平に噴出する血の圧を感じた。右手は使い物にならず、腕を使った。被せた靴下がズレ上がってめくれていた。手首から甲にかけて黒く逞しい毛が密生しているのが見えた。頭だけにとどまらず、私は今に全身が毛むくじゃらになってしまうのかもしれない。チームリーダーの震えがおさまった。彼女が立ち上がった。背の低い私に合わせて少し前屈みになった。目が合った。ゴボゴボと音がした。耳を澄ますと微かに言葉のようなものを聞き取ることができた。「明日からの決算業務よろしくね。ペンペン」

私はこのまま彼女と出社するのだろうか。いつまで彼女の首を押さえていたら良いのだろうか。私が手をどかしたら彼女は大になってしまう。彼女の顔が近すぎて吐き気がこみ上げてきた。私は顔をそらしてひどく咳き込んだ。私の右手の上を咳が滑って、はらはらと毛が落ちた。垂れたヨダレを肩で拭い取ると、口周りの髭が抜けてスウェットに付着した。なんと。私はチームリーダーの首を押さえている間、毛玉であることから逃れられるのかもしれなかった。首を押さえている私は毛ではなくて人であって、押さえられている彼女は大ではなくて人であって、押さえ押さえられる二人は合わせて「人」になっている。うーん。と私は思った。まことに僭越ながら、どうしてこうまでして人であらねばならぬのか。と思った。

　明日出社したくないからそんなことを考えてしまうのかもしれない。しかし、我々が人であるために、私は息を止めて嗚咽しながらチームリーダーの首を押さえ続けなくてはならないわけだ。だったらもう、私は人じゃなくてもいいかもしれない。うん。人じゃなくていい。ずっと彼女と至近距離で向き合っているよりは、一人で毛玉になった方がいい。何だっていい。大でも太でも犬でもいい。チームリーダーには申し訳ないが、私は早く手をどけて糞の匂いから逃れたいと願った。とはいえ、先の血の噴出を目にした今、体が怖気づいてしまって動かない。その時、またしても空が光った。部屋が真っ白になった。音が消えた。落雷を受けたみたいな衝撃が脳天からつま先へと駆け抜けた。天に上昇するような、地に墜落するような、天に墜落するような、地に上昇するような、とにもかくにも強烈な移動の感覚が私の全身を満たした。あらゆる細胞がそれぞれ別方向に高速で移動した。巨大な雷鳴が轟いた。

私は自宅の廊下を駆けていた。私はチームリーダーの目の前から逃れることに成功していたのであった。が、妙に視点が低いと思った。廊下のフローリングが顎のすぐ下にある。振り返ると、私はチームリーダーの首を両手で押さえていた。また空が光って、逆光の中に「人」がくっきりと浮かび上がった時、私の首から上が無いことに気が付いた。私の頭以外が、彼女の前に立っていた。

私の頭だけがチームリーダーから逃れたということだろうか。試しに廊下を進んでみると、頭の下から短い脚でも生えているのか、歩くことはもちろん、走ることすらできる。再び人の方を振り返った。私の手の力が緩んでいるようで、チームリーダーの首から血が溢れ始めていた。私のスウェットに隠れていない部分からは無数の毛が湯気のように立ち昇り、スウェット自体は内側からの毛圧でゆっくりと膨らんでいく。糞と毛玉でギリギリ人をやっていた。

なんか笑えた。かなり笑えてきて口を開けると顎をフローリングにぶつけて痛めた。もう人に付き合うのは懲り懲りだと思った。さっきシリアルを直食いしたせいか、今はとにかく口が渇いて仕方ない。水の入ったペットボトルは台所に置いてあるが、この体でどうやって飲めばいいのか見当がつかない。窓の外の雨音がますます口を渇かせる。そうだ。外に出て雨を舐めてみようと思うのだが、どうだろう。私は今、どんな風に見えているだろうか。毛が伸び放題のシーズー犬、みたいな感じだと外に出やすくていいのだが。うん。さしあたり犬に寄せておこうじゃないか。と思って犬には不似合いのメガネを振り払うべく頭、というか全身を振っているうちに、どう見られるかという自問自答は薄れて、私の中には雨を舐めたい心がひとつ残った。私は早速、人を背に置いて玄関の方へと走っていって、扉に向かって大ジャンプ。見事ドアノブに齧り付くことに成功したのであった。

初出　「文藝」二〇二四年冬季号

松田いりの（まつだ・いりの）

1991年、静岡県生まれ。

2024年、「ハイパーたいくつ」で第61回文藝賞を受賞。

ハイパーたいくつ

2024年11月20日　初版印刷
2024年11月30日　初版発行

著者　松田いりの
発行者　小野寺優
発行所　株式会社河出書房新社
〒162-8544
東京都新宿区東五軒町2-13
電話　03-3404-1201（営業）
　　　03-3404-8611（編集）
https://www.kawade.co.jp/

装画　COOL
装丁　佐藤亜沙美（サトウサンカイ）
組版　株式会社キャップス
印刷　大日本印刷株式会社
製本　大口製本印刷株式会社

Printed in Japan　ISBN978-4-309-03937-4

光のそこで白くねむる

待川匙

墓参りに帰郷した「わたし」に語りかける、死んだ幼馴染の声。
行方不明の母、蒙昧な神のごとき父、汚言機械と化した祖母……
平凡な田舎に呪われた異界が立ち上がる。第61回文藝賞受賞作。

無敵の犬の夜

小泉綾子

「この先俺は、きっと何もなれんと思う。夢の見方を知らんけん」北九州の片田舎。中学生の界は、地元で知り合った「バリイケとる」男・橘さんに心酔するのだが――。第60回文藝賞受賞作。

おわりのそこみえ

図野象

「感動、アホか。そんなもんはいらんのじゃ、暈け。これは効いた。効きまくった」（選考委員・町田康）。美帆、25歳。買い物依存で性依存――。第60回文藝賞優秀作。

スメラミシング

小川哲

カリスマアカウントを崇拝する〝覚醒者〟たちの白昼のオフ会。
そこではじまる、緊迫の陰謀論×サイコサスペンス！
神と人間の未来を問う、超弩級エンタメ作品集。

ナチュラルボーンチキン

金原ひとみ

新しい世界を見せてくれ——。ルーティンを愛する45歳事務職×ホスクラ通いの20代パリピ編集者。同じ職場の真逆のタイプの女から導かれて出会ったのは、忘れかけていた本当の私。

ギケイキ

町田康

はは、生まれた瞬間からの逃亡、流浪――千年の時を超え、現代に生きる源義経が、自らの物語を語り出す。古典『義経記』が超絶文体で甦る、激烈に滑稽で悲痛な超娯楽大作小説。